Witches Weave the World

魔女は真昼にまどろんで
世界を紡ぐ夢を見る
水面《みなも》に映るみずからを
手にするすべはどこにある
すくう指から言葉はこぼれ
記憶の外の霧となる
見知らぬ道のその先の
閉じた扉の向こうには
永遠《とわ》のとばりがあるばかり
解けない問いに戸惑いつつも
魔女は魔法の言葉を集め
幾夜もかけて彩りながら
真《まこと》にまさるいつわりの
世界を綴《つづ》る夢を織る

魔女は真昼に夢を織る

松本祐子

聖学院大学出版会

もくじ

I

Witches Weave the World

魔女の森

1 シャーラ

「おまえはなんてきれいなんだろう」

シャーラの豊かな黄金の髪を優しくくしけずりながら、誇らしさではちきれんばかりの母が言った。こうして、一日の終わりに愛する娘の美しい髪の手入れをしてやるのが母の愉《たの》しみなのだった。

シャーラは鏡の中の母に微笑《ほほえ》みかけてから、そこに映る自分の顔をじっと見つめた。

両親とも兄たちともあまり似ていない。きめ細やかな温かい色合いの肌とふっくらした薔薇《ばら》色の頬、真珠のような白い歯のこぼれる赤い唇、そして、そのどこまでも碧《あお》く澄んだ瞳は、シャーラが天から特別の贈り物を授けられた娘だという確かなしるしのようにも思われる。

「昔、喧嘩《けんか》をするたびに、家族で一人だけ碧い目のおまえは貰《もら》い子なんだぞって、レジーにさんざん言われたわ」

「悪い兄さんだね」

褐色の髪に茶色の目をした母は、そう言って笑った。

「あんたのその金髪と碧い目は、おばあさん譲りなのよ」

それは小さい頃から何度も聞かされたことだった。けれど、川向こうに伯父夫婦と暮らしている祖母の髪は、シャーラの憶《おぼ》えているかぎり、昔から真っ白で、自分の金髪がそのおばあちゃん譲りだと聞くと、いつも何だか少し奇妙な気がした。

シャーラのことをとても可愛《かわい》がってくれた祖母は、もうかなり前から寝たきりになっていた。このところ、シャーラはあまりお見舞いにも行っていない。

「おばあちゃん、具合はどうなの？」

「あんまりよくないようだね。もう年だから仕方ないけど」

「あたしの婚礼に出てもらえるかしら？」

「それは無理だと思うわ。第一、お式の日までもつかどうか」

シャーラはもうじき結婚することになっていた。去年の村の収穫祭で祭りの女王に選ばれたシャーラは、自慢の長い金髪を結い上げ、花の冠をつけて、人々の輪の中心で踊った。その時、彼女は村一番の長者の総領息子に見初められたのだった。

人を介した正式の結婚申し込みの後、シャーラは初めてブレットに会った。ブレットは色の白い神経質そうな若者だった。シャーラがまぶしくてならないように何度も目をしばたたきながら、落ち着きのない甲高《かんだか》い声で話した。

「これ、君に似合うと思って。わざわざロトの町から取り寄せたんだ」

そう言ってブレットが差し出したのは、シャーラの目の色によく似た青い宝石が三ついた、お姫さまにふさわしいような美しい髪飾りだった。

シャーラがにっこり微笑みながらお礼を言うと、ブレットは首筋まで真っ赤に染めた。

「君のためなら、何だって買ってあげるよ。欲しいものがあれば何でも言っていいんだ。何でも買ってあげたいんだ」

シャーラは心の中でふっとため息をついた。それはまさに願ってもない良縁だった。自分を熱愛する気前のよい夫。使用人のいる大きな家。欲しいものは何でも手に入る誰もが羨《うらや》んで当然の恵まれた環境。

なのに——。

シャーラはなぜか、少しもときめかないのだった。父も母も降ってわいたようなこの縁談に有頂天になっている。シャーラにしても、次から次に送り届けられる素晴らしい結納の品々に囲まれながら、幸せってこんなものなのかもしれないとふと思ったりもする。だがやはり、シャーラはどこかで冷めていた。

(あたしの欲しいものって何だろう?)

鏡の中の自分に見入りながら、シャーラは思った。

みんなの羨ましがるこれからの保証された生活のことなど、何だかあまりピンと来なかった。美しい衣装や宝石はもちろん嫌いではないけれど、今、自分の放つ確かな輝きこそ、シャーラにとって最も大切なものだった。

鏡に映るその顔は非の打ちどころなく美しい。他に欲しいものなどない。ただ、今この時が、できるだけ長く続いてほしいとシャーラは思った。

*

「おばあちゃんがそろそろ危ないんだよ。あんたに会いたがってるって」

母からそう言われて、シャーラは久しぶりに祖母に会いに行った。

小さい頃は毎日のように遊びに行っていたのに、祖母が寝ついてからは、すっかり足が遠のいてしまった。シャーラは、病人のいる閉め切った風通しの悪い部屋と、あのかび臭いような不快なにおいが我慢ならなかったのだ。

「いらっしゃい、シャーラ。おばあちゃんがお待ちかねよ。二人っきりでお別れがしたいんですって。あなたはただ一人の女の子の孫ですもんね」

伯母は静かにそう言って、シャーラを病人の部屋に通した。

「シャーラかい？」

寝台の中から、しわがれた声が尋ねた。

「ええ、おばあちゃん。あたしよ。シャーラよ」

「シャーラ。こっちに来て、おばあちゃんによく顔を見せておくれ」

シャーラは弱々しいその声に引き寄せられるように寝台に近づいた。覗《のぞ》きこむと、すっかり痩せ衰えた祖母の身体は、子どものように小さく縮んでしまっていた。

「シャーラや、あんたはわたしの若い頃にそっくりだよ。あの頃のわたしは、そりゃあきれいだった」

老いと病で白く濁った目を向けて、祖母が言った。早春の若枝のようにすんなりとしなやかなシャーラは、老女の言葉を聞いて、ふと身震いした。

「昔、わたしは夢を見たんだよ。森の湖のほとりで魔女に出会ったんだ。若い娘の姿をしてた。月光の雫《しずく》を集めて紡いだ銀色の髪と、闇よりも暗い漆黒《しっこく》の瞳の、まぶしいような美女だった」

祖母はまるで昔語りでもするように、思いの外、しっかりした口調で語り始めた。

「何か一つ願い事をかなえてあげようって魔女は言ったんだ。わたしはその頃、村じゅうの娘が憧れていた男に夢中だった。だから、その男と結婚したいと言った。その通りになったよ。でも十年も経《た》つと、あの人はわたしと子どもたちを残して、町から来た若い娘と行ってしまった」

祖母は目を閉じて言葉を切り、深くため息をついた。それからもう一度、かつては青い宝石のように輝いていたというその目を開けて、しっかりとシャーラを見据えた。

「ああ、いつまでも年を取らずにいられたらねぇ」

＊

その森には、いつも蜜のように重たい靄《もや》が立ちこめていた。めったに訪れる人もなく、それなのに鬱蒼《うっそう》と茂る木々の間に、白い小径《こみち》が手招きするようにくっきりと浮かび上がっていた。

黄金《きん》色の光がいくつもの筋になって射しこむ早朝の森の中を、シャーラはたった一人で歩いていた。

あの日から幾日も経たないうちに祖母は息を引き取り、シャーラはおばあちゃんの最後の願いを聞き届けるために、その遺髪を森の湖のほとりに埋めにゆく途中だった。

長いこと、そっと自分だけの胸に秘めていた不思議な夢をシャーラに語り終えて死んでいったおばあちゃん。その昔、金髪の美しい娘はこの森で何を見たのだろう。誰と出会い、何を見つけ、そして何をなくしたのだろう。

早朝の森の中はまるで深い水底のようだった。シャーラは一歩一歩、その小さな足を踏み出すというよりはむしろ、ふわりふわりと漂うように進んでいった。森の空気はしっとりと甘く、肌を刺す氷のような冷たささえ、シャーラは忘れていた。

やがて森の中心にある湖が見えてきた。湖は毎日少しずつ色を変えてゆく。今は、薄明の空に光のこぼれ始める一瞬の、あのとらえがたい煙るようなラベンダーの色合いを思わせた。

シャーラは祖母のもつれた白い髪をそっと埋めた。「さよなら、さよなら」とつぶやくシャーラの頬に大粒の涙がこぼれた。

「悲しいことがあるの?」

突然、シャーラの後ろで声がした。驚いて振り向くと、そこには銀色の髪と黒い瞳のほっそりした乙女が立っていた。

これは祖母の見た夢の続きだろうか? シャーラは知らぬ間に死者の夢の世界に迷いこんでしまったのか? それともあれは熱に浮かされた老女の妄想ではなく、紛れもない事実であったのだろうか？

いずれにせよ、銀色の乙女は、祖母が五十年以上も前に出会ったという魔女の姿そのままに、シャーラの目の前に立っていた。

時が止まっている。シャーラはそう思った。美しかったおばあちゃんの上を残酷に通り過ぎていった時が、この魔女の前では永久に静止している。

そしてあたしの場合は？

あたしの場合は？

「悲しいことがあるの？」

もう一度、魔女が尋ねた。輝くばかりに美しいその魔女は、シャーラと同じぐらいの年格好に見えたが、瞳の奥にある二つの深淵には誰も覗いたことのない暗闇が穿《うが》たれているのだった。

それは長い長い時を生き、尽きぬ哀《かな》しみに身を委ねた者だけが持つ瞳だった。けれどもシャーラには、魔女の瑞々《みずみず》しい若さと女神のような美しさしか目に入らなかった。

「おばあちゃんが死んだの」

シャーラは小さく答えた。すると魔女はかすかに眉を寄せた。

「眠ったのね？」

念を押すように魔女は言った。シャーラはそうではないのだと言おうとしたが、魔女はうっとりと夢見るような表情で、わたしも眠りたい、とつぶやいた。

湖の色は、薄明のラベンダーから、南国の珊瑚《さんご》礁の海の色に変わっていた。それはちょうど、シャーラの澄んだ碧い瞳と同じ色だった。

「一つ願い事をかなえてあげましょう」

魔女が唐突に申し出た。シャーラは一瞬、押し黙ったまま魔女を見つめた。

（あたしの欲しいもの――）

ブレットは何でも好きなものを買ってあげると言った。どんな贅沢《ぜいたく》でもさせてあげると。けれど、シャーラは自分からは何も望まなかった。欲しいものなどなかったからだ。しかし――。

ブレットにはかなえられないことも、この魔女ならばかなえてくれる。おばあちゃんがあの時、願っていればよかったと死ぬまで悔い続けていたはずのこと。シャーラがもし魔女に出会うことがあれば、願い出ようと思っていたこと。

シャーラは魔女のこの申し出を待っていたのだ。魔女と行き会うなどという奇跡が自分に起こるはずはないと確信する一方で、かすかな期待を捨てることはできなかった。シャーラの心はとうの昔に決まっていた。

「永遠の若さを！」

ためらうことなくシャーラは言い放った。彼女の繻子《しゅす》のようになめらかな頬は薔薇色に上気していた。けれども、魔女の暗い双眸《そうぼう》が同じような烈《はげ》しい喜びに輝きだしたことに、シャーラは気づかなかった。

「永遠を望むのだな？」

妙に押し殺した声で魔女は言った。それから、その血のしたたるように赤い唇がゆるやかな弧を描いて開き、初めは低く、次第に高らかな哄笑《こうしょう》を漏らしながら、勝ち誇って魔女は叫んだ。

「この時を長いこと待っていた。二百年目にようやく身代わりを見つけ、わたしは解き放たれるのだ。永遠という呪いから。ああ、これでわたしは失われた眠りを取り戻すことができる」

そうしてゆっくりと魔女の姿は薄れ始め、春の日の陽炎《かげろう》のようにゆらゆらと揺らめいて、ついには跡形もなく消え去った。

シャーラは甘く凍《い》てついた靄の中で、碧い瞳に言い知れぬ恐怖の色を浮かべながら、いつまでも呆然《ぼうぜん》と立ち尽くしていた。

2 ヴィーダ

いつの頃からか、その森には一人の美しい魔女が棲《す》みついていた。かりそめの死にも似た眠りを誘う不思議な靄の立ちこめるその森で、時はたゆみなく歩み続けるみずからの法則を忘れ、深くゆるやかに漂うのだった。

魔女の名はマーリンと言った。

魔女マーリンの二つの碧い瞳は底知れぬ湖の謎のような静けさをたたえ、その目は、ほころびかけた蕾《つぼみ》にもたとうべき、その乙女の初々しさを裏切る長い長い歳月を物語っていた。

マーリンは数々のまじないと治療の術に長《た》けていた。村人に請われれば、何の代償も求めずに術を施したが、石の彫像のように無表情で、感謝さえ受け付けぬその冷たさゆえに、忌《い》まれ、畏《おそ》れられ、魔女の住処《すみか》を訪れる者はめったになかった。

マーリンはある日、森の中で赤児《あかご》の声を聞きつけた。行ってみると、すでにこと切れて冷たくなった女のかたわらに生まれたばかりの赤児が泣いているのだった。

森の静寂を破る傍若無人のその小さな生き物に、マーリンはしばし不興《ふきょう》の目を向けた。それでも赤児は泣くことをやめなかった。

マーリンはゆっくりと手を伸ばし、濡《ぬ》れて騒ぎ立てる小さなけものを抱き上げた。すると赤児はぴたりと泣きやみ、まだ見えもせぬ目でマーリンをじっと見つめた。

マーリンはこれを連れ帰り、ヴィーダと名づけた。

＊

いろいろな薬草をカゴいっぱい摘んでくることがヴィーダの日課の一つだった。そうやって森を歩き回ることは彼女の一番の愉《たの》しみでもあった。

今では、どこにどんな薬草が生えているのかマーリン以上によく知っていたし、いくつかのまじないも覚えた。

ヴィーダは賢い娘で、物覚えもきわめて速いほうであったが、マーリンは一度もヴィーダを褒めたことはなかった。また反対に、ヴィーダが失敗したところで、特に叱るということもない。

マーリンの血は氷のように冷えていた。みずからの術を伝えるために、このみなしごを育てているのかもしれないが、魔女の心にはひとかけらの感情も宿らない。

今年十五のヴィーダは、そういう二人の関係をごく当たり前のものとして受け入れていた。

ヴィーダは森の中で、時々、狩りをする村人を見かけることがあった。彼女は彼らにさまざまな悪戯《いたずら》をしかけた。たとえば、狩人の射た矢の方向を変えたり、死んでいるはずのウサギを走らせたり、彼らに同じ場所をぐるぐる歩かせたりした。姿を隠したまま、高い声でくすくす笑って人々を怖がらせるのも、彼女のお気に入りの気晴らしだった。

ある日ヴィーダは、獲物のウサギを肩にかついだ背の高い少年を見つけた。少年の日焼けした肌と褐色の目がヴィーダの気を惹《ひ》いた。

少年はどうやらもう帰るところらしく、足早に歩いていたが、突然立ち止まって、腰につけた袋を探り、それから顔色を変えて、もと来た道を引き返し始めた。何か大切なものを落としたらしい。

ヴィーダは面白がって少年のあとをつけ、くすくす笑いを始めた。少年がきっとなって振り向いた。

「うるさいぞ！　妖精め。おれを怖がらせようとしたって無駄だ！」

彼はそのまま笑い声を無視して、地面に這《は》いつくばって何かを探していた。

「いったい何を探しているの？」

好奇心をそそられたヴィーダが少年の後ろに立って尋ねた。少年はちらとヴィーダを見た。

「おまえになんか関係ない。邪魔しないでくれ。あっちへ行け、妖精」

「あたしは妖精じゃないわ。魔女よ。おまえのなくしたものを見つけてやることだってできるんだからね」

ヴィーダはマーリンの女王のような威厳ある物腰を真似《まね》ているつもりだったが、はじけるように元気で身の軽い彼女は、いたずらな小妖精のようには見えても、とても本物の魔女には見えなかった。

少年はあやぶむような目つきでヴィーダを見た。

「本当かい？」

「もちろんよ。あたしはいろんな術を知ってるんだもの」

少年はしばらくためらっていたが、やがてなくしたのは貝殻だと言った。

「カイガラって何？」

「海でとれる貝だよ。きれいな二枚貝の片割れなんだ」

「ウミってどこにあるの？」

「遠くさ。三日間もずっと歩いていって、とってきたんだ」

「じゃ、もう片方はどうしたの？」

「そんなこと関係ないだろ。見つけられるんなら探してくれよ」

「探してあげたら何をくれる？」

「何がいいんだ？」

「もう一つの片割れがいいわ」

少年はむっとしたように眉間にしわを寄せ、ヴィーダを無視してまた探し始めた。

「ねぇ、片割れを見せてよ。それと同じものを探せばいいんでしょ」

ヴィーダは少年につきまとった。

「ここにはない。ジーナが持ってるんだ」

ヴィーダがあまりうるさいので、少年は振り払うように答えた。

「ジーナって？」

「おれの恋人さ。恋人同士だってことのしるしに、貝を片方ずつ持つんだ」

「ふーん。人間ってばかみたい」

太陽が西に傾き始めた。少年はようやく立ち上がった。もう帰らねばならない。今日の探索は諦めて立ち去ってゆく少年の背中に向かって、ヴィーダは「明日も来る？」とからかうように叫んだ。

少年は七日の間、毎日森にやって来た。

その間じゅう、ヴィーダはずっと少年について回り、あれやこれやとうるさく話しかけたが、少年を手伝おうという気はまったくないようだった。少年にただくっついて回るだけのようでいて、手のほうは休みなくせっせと動かして、薬草を摘んではカゴをいっぱいにするのだった。

「どうして見つからないんだ!」

突然、少年が怒鳴った。

「おまえが隠したんじゃないのか?」

「あたしは知らないわ」

くすくす笑いながらヴィーダが答えた。

「もういい!」

少年はヴィーダをすごい目でにらみつけ、それからくるりと背を向けて駆け去った。

「ばかね。もう一つの片割れを持ってきたら、それに呪文をかけて見つけてやったのに」

ヴィーダはそうつぶやきながら、少年がさんざん探し回ったあとを、もう一度ていねいに調べ直した。

ヴィーダの鋭い魔女の目は、やがて草の葉蔭《はかげ》に隠れたきれいな貝殻を見つけ出した。

*

レインは落胆し疲れ切っていた。

村一番の人気者であるジーナに、ようやく恋人同士のしるしである貝殻を受け取ってもらえたのに、それをなくしてしまうなんて。ジーナに何て言えばいいんだ。

あの性悪の魔女め。あいつが隠したに決まってる。貝殻を落としたなんて正直に答えなきゃよかった。

だいたい、あのちびが魔女だなんて本当だろうか？　どう見たって、ただの女の子じゃないか。

けっこう可愛い顔してたな。もちろんジーナのほうがずっと美人だけど。まあとにかく、そんなに悪いやつには見えなかった。人なつこくて、どこまでもまとわりついてくる子犬みたいな感じ。

いやいや、騙《だま》されるなよ。自分はまだ修行中だなんて言ってたけど、本当はあいつがこの森に千年も棲んでるっていうマーリンなのかもしれない。おれが気を許したとたん、しわだらけの醜い老婆になって、おれに飛びかかってくるかもしれないぞ。

そうだ。なくしちゃった物のことでくよくよしたってしょうがない。ジーナに謝って、それからもう一度海に行って、もっときれいな貝を拾ってくればいい。

そういう結論に達して、レインはジーナに会いに行った。

「ジーナ、おれ、あの貝殻をうっかりなくしちゃったんだ。さんざん探してはみたんだけど…」

レインは言いにくそうに切り出した。

「何のことなの？」

いつも陽気で美しいジーナが無邪気な声で訊《き》き返した。

「ほら、この前あげた貝殻だよ。ずっと大事にしようって約束したのに、本当にごめん。また別のを取ってきていいかな？　前よりもっときれいなのを見つけてくるよ」

「あら、そんなこと気にしなくていいのよ」

寛大なジーナはにっこり微笑んだ。

「あたしなんか、とっくの昔になくしちゃったわ。でも、似たようなのをシディとエルからもらったの。だから、もういらないわ」

多くの男たちに取り巻かれ、かしずかれ、そうされることに慣れきった残酷な美女ジーナ。彼女にとって、レインは大勢の中の一人に過ぎなかったのだ。

ジーナへのレインの思いはこなごなに砕け散った。

＊

少年は次の日もその次の日も姿を見せなかった。

ヴィーダは少年がいつ来てもいいように、拾った貝殻を常に持ち歩いた。その小さな頭はいつの間にか、あの背の高い怒りっぽい少年のことでいっぱいになっていた。

日が経つにつれ、ヴィーダは次第に元気をなくしてゆき、決められた日課をこなすことも怠りがちになり、カゴを薬草でいっぱいにできない日もあった。

そんなヴィーダの異変に気づいているのかいないのか、マーリンはヴィーダに対して特に注意を与えることもなかった。

月が満ち月が欠け、もう一度満ちたが、それでも少年は現れなかった。

やがて季節が移り、森が鮮やかに色づき始めた頃、ヴィーダはようやく、ウサギ狩りに来た少年を見つけた。ヴィーダはいきなり少年の前に飛び出して、貝殻を握った手を突き出した。

「どうして来なかったの？　待ってたのに。ずっと待ってたのに」

ヴィーダの瞳に何かが溢《あふ》れ出した。彼女には自分の頬を濡らすそれが何なのかわからなかった。

マーリンとの生活には、悲しみや喜びの涙などあり得ない。彼女にとって、涙は感情とは無縁のもの、感情に関わりのある涙は魔女にとって忌むべきものであり、無言のうちに禁じられたものであった。

ヴィーダは本能的にそのことを悟り、愕然《がくぜん》として、よろよろと後ずさった。体じゅうの力がすっと抜けてゆくのを感じた。

何だかわけのわからない、胸の奥から込み上げてくる熱い熱いかたまり。会いたくて会いたくてたまらなかったこの気持ち。これはいけないことなのだ。魔女である自分にはあるはずのないものなのだ。

ヴィーダは自分でもどうすることもできないその感情に混乱し、怯《おび》えていた。マーリンの冷たい怒りを思った。

ヴィーダは突然、身を翻し、少年を後に残して駆け去った。

戸口にマーリンが立っていた。氷の彫像のように冷え冷えと美しいマーリン。泣きながら走ってくるヴィーダを見ても、顔色一つ変えなかった。

「ヴィーダ、おまえにもう用はない。おまえは恋をしているね。どこへでも行くがいい。おまえはもう、ただの人間なのだから」

その声は確かに冷ややかであったが、いつもより冷たいということはなかった。それ以上でも以下でもなく、ただ、いつもと同じように冷たかった。そしてそのことがヴィーダの心をいっそう凍えさせた。

マーリンは家に入って、ぴたりと扉を閉ざした。この扉がヴィーダのために開かれることは、もう二度とないだろう。

閉ざされた扉の前に立ち尽くし、激しく泣きじゃくるヴィーダの肩に、彼女を追いかけてきた少年がそっと手をかけた。

「海を見に行かないか」

「あたしは魔力をなくしてしまった。もうマーリンみたいな魔女にはなれない。ただの人間なんだ。どうすればいいの？　何もかもなくしてしまったのよ！」

「代わりに君のものになったものもある」

少年の温かい手がヴィーダの手を包んだ。

「一緒に行こうよ」

「あんたには恋人のジーナがいるじゃないの」

少年は微笑みながら首を振った。ヴィーダはゆっくり顔を上げ、涙に濡れた目で少年を見つめた。

「君の名は？」

「ヴィーダ」

「おれはレイン。ヴィーダ、一緒に海に行こう。君のために貝を拾ってあげるよ」

3 アイラ

「いやよ、あの人はきっと帰ってくるわ。わたしたちは結婚するのよ」

女は押さえられた腕を懸命に振りほどこうとしていた。女の父親は頑として聞き入れなかった。

女はありったけの思いを込めてマーリンを見上げた。マーリンは氷のような碧い目で女を冷ややかに見つめ返しながら、眉一つ動かしはしなかった。

女はやがて観念したように、泣き叫ぶのをやめて、うなだれた。

「娘は承知していたんです。いよいよになって急に怖くなったんです。このほうがいいってことはわかってるんだから…」

父親はぶつぶつと言い訳した。さんざん考えあぐねた末、人目を忍び、やっとの思いでこんな恐ろしい呪われた魔女の住処までやって来たというのに、この期に及んで娘が騒ぎだしては、魔女が腹を立てやしないかとびくびくしていた。

「腹の子はもうだいぶん大きいようだ」

マーリンがおよそ何の感情も読みとれない声で言った。瞬間、女は小さく身震いしたが、そのまま放心したようになって、マーリンに身を委ねた。

＊

アイラは無口な娘だった。マーリンも必要以上のことは口にしないが、アイラはさらに寡黙であった。

毎日、決まった時刻に起きて、一日の仕事をてきぱきこなし、夜にはマーリンのかたわらで厚い書物に読みふけった。

アイラはマーリンにとって申し分のない弟子であった。与えられたものを受け入れ、教えられた通りにやり、それ以上のことは何も望まなかった。

アイラは十四にして、すでに完璧な魔女となっていた。それは、あらゆる魔術を身につけているという意味でなく、どんな感情も持ち合わせていないということだった。

アイラは薬草を摘んだり、水を汲《く》みに行ったりする時に、狩りに来ている村人を見かけることがあった。マーリンの教えてくれること以外には好奇心のかけらも示さないアイラは、そういう人々にほとんど気を留めたことはない。

村人のほうでも、何かよほど特別の願い事でもないかぎり、森の魔女と関わり合いになることを嫌うので、あえてアイラに近づいてくる者などなかった。

だがその男は、近頃、少なくとも三度、アイラの前に姿を見せていた。

初めはごく遠くのほうから様子を窺《うかが》っているだけだった。それが次第にその距離を狭め、ついにある日、ただの通りすがりとは思われぬ間近さで、アイラに向かって呼びかけた。

男はまるで、それがアイラの名前でもあるかのように、「イーリヤ」と短く切なげに叫んだのだった。

一瞬、アイラはちらりと男と目を見交わした。だが、声をかけてきたくせに、ただ当惑したように立ち尽くし、それ以上何も言おうとしない男など、彼女にとっては切り株よりも無意味な存在だった。

アイラは無表情のまま、黙って湖の水を汲み、男を残して立ち去った。しかし、男の視線がどこまでも自分を追いかけてくることに彼女は気づいていた。

数日後、アイラは再び、その男と出会った。男はいきなり、自分はアイラの父親であると名乗った。

「今さら父親だなんて言い出しても、信じてもらえないかもしれないが……」

そうして男は語り始めた。

アイラは驚きもせず、さして興味を覚えたふうでもなく、何を考えているのか、それでも薬草を摘む手を止めて、黙って男の話に耳を傾けた。

まだ若く、この小さな村で一生を終えることに我慢ならなかったサイードは、恋人のイーリャに子ができていたとは知らずに、一人故郷を離れた。

彼のような若者が次々に訪れる賑《にぎ》やかな町で、彼はいろいろな仕事に手を染めたが、結局どれもうまく行かず、夢破れて、再び故郷に舞い戻った。

彼が村を出てから三年が過ぎており、イーリャはすでに亡くなっていた。病死ということになっていたが、本当は彼に捨てられた悲しみのために、みずから命を絶ったのだと囁《ささや》く声もあった。

最近になって、森でイーリャの亡霊を見たという者があった。

彼女のことでは、ずっと罪の意識を感じていたサイードは、亡霊など出るわけがないと思いながらも、不思議な予感を覚えて、魔女の森に足を運んだ。

初めて遠くのほうにアイラの姿を見かけた時、彼はかつての恋人が生き返ったような気がした。言い知れぬ恐怖におののいて、サイードは魔女の森から逃げ帰ってしまったのだ。

それでも、見えない糸にたぐり寄せられるように、彼は何度も森に向かった。そしてついにアイラの前に立った時、彼は思わずイーリャの名を呼んでいた。

その日、彼はイーリャの父親に会って、すべてを知った。イーリャが彼の子を身ごもっていたこと、魔女マーリンにその子の始末を頼んだこと、恋人も子どもも失ってしまったイーリャが、その後、絶望のあまり命を絶ったのだということ…。

「だがおまえは生きていた。マーリンはこっそりおまえを育てていたんだね」

アイラの黒い目が静かに瞬《まばた》いた。

「イーリャのためにも、おれは罪滅ぼしがしたい。一緒に暮らそう。おれと女房の間には子がない。あいつにはもう何もかも話してある。女房は気のいい女だ。きっとおまえに優しくしてくれる」

サイードの言葉には熱が込められていた。だがアイラはまるきり興味を失ったように、その見知らぬ男から視線をはずした。

「魔女が怖いのか？　安心するがいい。おれがどんなことをしてでも、おまえを守ってやる」

もう何も耳に入らないかのように、再び薬草を摘み始めたアイラに、サイードが言いつのった。

「魔女がおまえに、いったい何をしてくれると言うんだ？　確かにマーリンはおまえを育ててくれたかもしれないが、それはそうやって、おまえを召使いにして働かせるためじゃないか。おれからマーリンにはじゅうぶん礼をする。おまえがいなくなったところで、何とも思いはしないさ。マーリンは氷でできてるって言うじゃないか。おまえには親の愛情が必要なんだ。もっと普通の娘らしく、人間らしく生きるために」

「何にも知らないくせに」

アイラが初めて口を開いた。最初は低い、ほとんど聞き取れないほどのつぶやきで。

「マーリンが何をしてくれたか、何にも知らないくせに。マーリンはすべてをくれた。小さい頃、毎日わたしの髪を梳《す》いてくれた。熱を出した時、一晩じゅう看病してくれた。蛇に噛《か》まれた時、毒を吸い出してくれたことだってある。何もかも何もかも、マーリンが教えてくれた！」

アイラの唇から、思いがけない言葉の奔流《ほんりゅう》がほとばしった。笑いもしない泣きもしない、氷の人形のようなアイラの黒い瞳に、今、何かが揺らめいていた。

長い眠りからようやく醒《さ》めた者のように、晴れ晴れとした表情で、アイラは軽やかに歩きだした。幼さの残るその顔に、これまで決して浮かぶことのなかった微笑みが静かに広がっている。

アイラの突然の変化に戸惑いながら、サイードはあわててその後を追った。

「マーリン！」

扉を開け放つや、アイラが叫んだ。興奮した様子のアイラに続いて、サイードが中に入り、森の魔女の前に立った。

「娘を返してもらいたい」

いきなりサイードは言った。マーリンは突然の闖入者《ちんにゅうしゃ》をただじっと見つめた。

「この子はおれの娘だ。娘をあんたみたいな魔女にしたくない。血管の中で半分凍りついた血をおれが温めてやるんだ」

「連れて行きたければそうするがいい」

感情のない氷柱《つらら》のような声が返った。サイードはアイラのほうに振り返り、両腕を大きく差し伸べた。だがアイラは父親を見てはいなかった。

「マーリン！　わたしをあの人にやると言わないで！」

アイラはマーリンに駆け寄って、その腰にしがみついた。

「マーリンにはわたしが必要でしょ。わたしはマーリンといたい。マーリンと一緒にいたいのよ！」

マーリンは、自分にぎゅっと抱きついた小さな少女を見下ろした。

「おまえはアイラ、教えもしないのに愛を知っているんだね。おまえはこれまで、申し分のないわたしの弟子であったのに。行っておしまい。おまえはもう魔女にはなれないのだから」

生まれて十四年目に、突然、嵐のような感情の爆発がアイラの中に起こっていた。彼女の瞳に浮かぶその必死の哀願の表情は石の心さえ動かしただろう。

「わたしのことが嫌いなの？　そんなことないわね？　マーリン、お願い、好きだと言って！」

マーリンは表情一つ変えぬまま、しがみつく子どもの腕をはずし、無言で背を向けた。

「わたしは生まれないはずだった。この人はそう言ったわ、マーリン。でもマーリンがわたしを助けてくれた。わたしを育ててくれた。そうでしょ、マーリン。それは何のため？何のためなの？」

アイラの問いかけが空しく響いた。必死の思いで叫び続けながら、もう決して取り返しはつかないのだとアイラにはわかっていた。

アイラは唇を震わせ、もう一度、小さくマーリンの名を呼んだ。それからわっと泣き崩れ、外へ飛び出した。

アイラの父親は、あわててその後を追おうとした。サイードの無骨な顔も涙に濡れていた。彼は最後に振り向いて、マーリンに言った。

「あんたがあの子によくしてくれたことはわかった。本当にありがたいことだと思う。でも、あんたはやっぱり氷でできているんだ。あんたと一緒にいたら、いつかあの子も、あんたみたいになっていただろうよ」

たぶんそうかもしれない。それとも、そうでないかもしれない。

マーリンは何も感じていなかった。いつものように、マーリンの心の中には冷え冷えとした空白だけがあった。

何事もなかったかのように、マーリンは再び書物の上に目を落とした。明日は自分で水を汲みに行かなければならないと、マーリンはふと思った。

4 マーリン

「婆《ばば》はもう千年も生きてるって本当なの？」

リドルはかたわらの老女に真面目な顔で尋ねた。

「いや、婆はまだ百歳にもなってはおらぬよ。去年死んだおまえの祖母より、十七歳年上なだけでな」

それでも幼いリドルにとっては、アイラはとてつもなく年寄りに思われた。

「じゃ、婆が魔女だっていうのはほんと？」

アイラは薬草を摘む手を休めて、くるくるした茶色い巻き毛と利口そうな黒い目を持った小さな男の子を、いかにも可愛くてたまらないといった愛情のこもった目で見つめた。

アイラが森に行く時のお供は、いつもこのリドルだった。ついに結婚することのなかったアイラにとって、腹違いの妹の孫であるリドルは彼女自身の孫のようにも思え、一番のお気に入りなのだった。

「婆はな、ただの村の治療師じゃ。本物の魔女は今もこの森のどこかに棲んでいる。こんなしわくちゃの婆じゃなく、この世で一番美しい乙女の姿をしているんじゃ。婆は十四になるまでその魔女に育てられたのさ」

「それじゃ、婆よりもっと年寄りなんだね！」

リドルがびっくりして目を丸くすると、アイラは小さく笑った。

「マーリンの時間はずっと止まったままなのさ。昔なくしてしまった大切なものを取り戻すまで、この呪いが解けることは決してないのじゃ」

「大切なものって？」

「それが何だかわかればな」

アイラはリドルの小さな手を取って、さらに森の奥へと進んでいった。そこには不思議な色をした湖が静かに水をたたえていた。

「ごらん。この湖の向こうのどこかにマーリンがいる」

アイラの声がかすかに震えた。アイラの指さすその場所は、深く濃い霧にすっぽりと包まれて、たとえそこに何かがあったとしても、湖のこちら側からは何も見ることができなかった。

「どうして会いに行かないの？」

アイラの声に含まれた愛と悲しみを敏感に感じとったリドルは、その老いた手を強く握りしめながら尋ねた。

「リドルや。おまえは自分の名前がどういう意味か知っておいでかい？」

アイラはリドルの質問には答えず、逆に訊き返した。

「ううん、わかんない。でも、婆がつけてくれたんだよね」

「その通り。この婆がつけたんじゃ。リドルというのはな、謎を解く者って意味なのさ。婆には解けなかった謎を、いつかおまえに解いてもらいたいという願いを込めてつけたんじゃ」

アイラはもう一度、湖の向こうを遠い目で眺めやった。

「婆にはもうマーリンを見つけることはできないのじゃ。マーリンはあそこにいる。だが、あそこには何もない」

アイラの話はまさに謎のようだった。そしてその謎は、リドルという名の六歳の少年の心の中に深く染みこんでゆき、少年はその謎とともに成長していった。

＊

魔女マーリンがみずからの住処へ続く道を人々に閉ざしてしまってから、どれほどの時が過ぎただろうか。

その森は今も魔女の森と呼ばれているが、そこで実際に魔女に出会ったことのある者はなく、マーリンの名も遠い伝説として語り継がれているに過ぎなかった。

だがマーリンは、この魔女の森で、底知れぬ深淵にも似た永遠を今も生き続けていた。森のけものさえマーリンの静寂を乱すことはなく、マーリンはただ、昼と夜との繰り返しを寄せては返す波を見るように静かに見つめていた。

ある日マーリンは何者かが彼女の聖域の境界を踏み越えたことに気がついた。一瞬、あたりの空気が乱れ、巧妙に張りめぐらされた魔法の障壁が破られるのをはっきり感じることができた。

水晶球に映し出された侵入者は若い男だった。男はまるで自分が水晶球を通してマーリンに覗かれていることを知ってでもいるかのように、よく日に焼けた顔に微笑みを浮かべていた。

男は迷いのない足取りでマーリンの家に向かっていた。やがて扉にノックの音が響いた。

マーリンは水晶球から目を離し、みずからの手で扉を開けた。

マーリンが姿を見せると、侵入者はまぶしいものでも見るように目を細めた。

「狩りの途中で道に迷ってしまった」

男はマーリンを凝視しながらそう言ったが、狩人なら当然持っていてよいはずの銃や罠《わな》を何も持ってはいなかった。彼はマーリンの不審を承知していながら、みずからの嘘《うそ》を隠そうともしなかった。

「水を一杯いただければありがたいが……」

傲慢《ごうまん》とも言える態度で男は言った。マーリンは無言のまま、くるりと向きを変え、瓶《かめ》から水を汲んできて、その見知らぬ若者に差し出した。

男は戸口に立ったまま、音を立ててそれを飲み干した。それからマーリンを真っ直ぐ見下ろしながら椀《わん》を返した。

マーリンは彼の黒い目の中に自分の姿が映っているのを見た。

「どうすれば帰れるだろう」

若者はあくまで道に迷った振りをし続けるつもりらしい。

「来た通りに行けばよいだろう」

マーリンが初めて口を開いた。男はそれを聞いて、おかしそうに笑った。

「それができれば、尋ねたりはしないだろうな」

では尋ねなければいいのに、とマーリンは思った。なぜなら、彼がそうできることをマーリンは知っているからだ。そして、マーリンがそれを知っていることを彼もまた知っているからだ。

「この道を行けば村に出る」

マーリンが指さしたとたん、鬱蒼と茂る木々の間に真っ直ぐ伸びる白い小径がくっきりと浮かび上がった。

彼はにっこり微笑んで、その白い小径を歩き始めた。そして、ちょうどマーリンの魔法の境界を越えるあたりで、もう一度振り向いた。

「あなたの時間《とき》は、やっぱり本当に止まったままなんだね、マーリン」

それだけ言うと、ふいに若者は姿を消した。白い小径も消え、マーリンの聖域は再び元の静寂を取り戻した。

彼は狩りの途中でもなく、道に迷ったのでもなかった。だとすれば、彼はただマーリンに会うためだけにやって来たのだ。普通の人間には越えられるはずのない魔法の障壁を破って、半ばマーリンをからかってみせるだけの技量を持った魔術師。

何のために彼はこんなことをしたのだろう。何のために？

だが、物事には常に理由があるとは限らない。かつてある少女が同じ質問をマーリンにぶつけてきたことがあった。マーリンは答えてやらなかった。理由などなかったからだ。

そしてマーリンは、その小さな娘を自分のもとから永久に追い払った。

何のために？

そのことを考えるたび、氷の魔女にはあろうはずもない心が、あるいはかつてあったかもしれないその場所に、かすかに、ほんのかすかに、痛みにも似た感覚が通り過ぎるのだった。

マーリンが、その長い金色の髪を梳くのに使う象牙の櫛《くし》が見当たらないことに気づいたのは、その夜のことだった。

＊

アイラが死んだ年、リドルは故郷の村を離れた。

アイラはついに〈道〉を見つけることができなかった。アイラは湖のほとりに葬られ、彼女の死とともに、マーリンの探索はリドルの宿命となった。

アイラから十年以上も仕込まれてきたリドルは、すでに治療師として相当の腕は持っていたが、それで満足することはできなかった。伝説を現実にするためには、彼自身が伝説の人とならねばならなかったのである。

彼は他国を巡り、高名な魔術師や学者を訪ね、修行を積んだ。

数々の奇跡のような魔術を目にしたが、リドルは天性の勘と並はずれた知識欲とで、それらを確実に自分のものにしていった。しかし、どんな奇跡も、アイラの話してくれたマーリン、永遠の時を生きる美しき魔女ほどリドルの心を惹きつけることはなかった。

そうして七年の歳月が流れた。

リドルは国王の相談役を務める魔術師ダールからその才能を認められ、後継者にと望まれたが、師匠の願いを振り切って、再び故郷へと戻った。あの六歳の少年の日から、まだ見ぬマーリンの面影がリドルの魂をとらえて離さないのだ。

アイラの愛を拒絶したマーリン。師として、母として、敬い、畏れ、拒絶された後も、変わらぬ偶像として慕い続け、ついには、時の囚《とら》われ人として憐《あわ》れみさえ抱くようになったアイラの、神への憧憬《しょうけい》にも似たその深く透明な愛。

アイラの思いを受け継ぎながら、リドルがマーリンに抱いているのは、聖なる女神への憧れという以上に、生身の男の恋であった。そしてマーリンを我が物にするということは、恋の成就であると同時に、みずからの魔術師としての力の証明でもあった。

それこそがリドルの究極の野心であり、それに較《くら》べれば、魂の自由を引き替えとした国王の相談役としての名誉など、彼にとっては何ほどの意味もないのだった。

今また七年ぶりに魔女の森を訪れて、森は相変わらずマーリンの魔力に満ちていたが、朝靄に濡れた蜘蛛《くも》の糸が木漏れ日にきらりと光を放つように、マーリンの張りめぐらせた魔法の糸は、優れた魔術師であるリドルの目にははっきり見ることができた。

アイラがあんなにも探し続けた道をやすやすと見いだすことができ、リドルは限りない自信が湧き上がってくるのを感じた。

そうしてマーリンの領域に踏みこんだ瞬間から、リドルは自分が〈見られて〉いることを知った。

マーリンは——美しかった。まだ少女と呼ぶほうが似つかわしいほどの可憐《かれん》な姿だった。だがその目、二つの碧い暗闇だけは彼女の見せかけの若さを裏切っていた。

その短い訪問の間に、リドルは目的のものを手に入れた。今、彼は長い金髪のからみついた象牙の櫛を手にしている。リドルの本当の探求はここから始まるのだ。

リドルはマーリンの過去をたどるつもりだった。

伝説が事実であるとすれば、マーリンは世界の誕生とともに生まれ、その時からこの世にあり続けるのだという。

だがアイラは、自分はそうは思わないとリドルに語ったことがある。アイラは、マーリンが人の子として生まれ育ち、ある時、何らかの事情で熱い心を失い、魔女になったのだと確信していた。リドルはアイラの直感を信じた。

かつて、アイラはアイラなりに、マーリンの過去を調べようとしたことがあった。それは容易な作業ではなかったそうだが、ただ一つわかったことは、マーリンが人の子を育てたのは、アイラが初めてではないということだ。そのことは、マーリンが生来の魔性の生き物ではないという確たる証《あかし》のようにも思われた。

今、リドルはリドルなりのやり方で、マーリンの真実に近づこうとしていた。

リドルは三日三晩の間、食を絶ち、マーリンの櫛と髪に強力な探索の術を施した。それから新月の真夜中に長い金髪だけを風の流れに乗せ、闇の中へと飛ばした。リドルはさらに三日待った。

四日目の朝、リドルは象牙の櫛を持って、導かれるままに魔女の森に向かった。

蜜のように重たい靄の立ちこめるその森は深い水底にも似ていた。いつの間にか、リドルは冷たい露に濡れそぼっていた。

やがてリドルは、かつてアイラとともに訪れた、そして七年前、彼自身の手でアイラの亡骸《なきがら》をその水辺に葬った、あの不思議な色の湖の前に来ていた。

湖に沿ってしばらく歩いた後、彼はぴたりと足を止めた。

リドルは湖を覗きこんだ。

初め、波立つように揺れていた湖面が次第に静かになり、やがて磨き上げた鏡のごとく、一つの顔を映し出した。リドルは自分自身の顔を見るように、水面《みなも》に現れた少女の顔を見つめた。

それは確かに見覚えのある顔だった。長い波打つ金髪と碧い瞳、それでいて、そこに浮かんだ表情はその少女をまったくの別人のように見せていた。

彼女は恐怖と孤独に震えていた。

おそらくその少女は、気の遠くなるような絶望と訣別《けつべつ》するために、幾度となくこの湖に身を投げようと試みたことだろう。

だが、彼女にはできなかった。

やがて、湖面に映る少女の唇が一つの言葉を発した。少女は湖の底にみずからの肉体を沈める代わりに、彼女自身の名前と心を捨てたのだ。

少女の瞳から恐怖と絶望が消えた。だが、孤独の色だけは消し去りがたく、いつまでも残っていた。

リドルは求め続けていたものを、ついに手に入れたのだった。

＊

マーリンは再び侵入者の気配を感じとっていた。

あの男がもう一度やって来ることはわかっていた。もちろん、もはやマーリンはその男のためにみずからの戸口を開いてやるつもりはなかったが、その若い魔術師には自分で扉を開けるだけの力が備わっているはずだった。

今度は彼も道に迷った振りをするわけにはいくまい。いったい、どんな言い訳をするつもりだろう。いや、そもそもマーリンの魔法を破るほどの力を持った魔術師には言い訳など必要はないのだ。

扉は音もなく開いた。そこには黒い瞳の若者が立っていた。その黒い目はマーリンに、昔知っていた誰かを思い出させる。誰であったろうか?

「あなたへの伝言を忘れていた」

彼はまるで、たった今出て行ったばかりのような口ぶりで切り出した。

「アイラからだ」

「アイラ…」

その名がマーリンに若者と同じ黒い目の持ち主をはっきりと思い出させた。

マーリンにすがりついて泣いていた少女。その娘はマーリンが与えることのできないものを求めて、ここにいられなくなったのだ。申し分のない娘であったのに。

「アイラは死んだ。最後まであなたに会いたがっていた」

そう聞いたところで、マーリンには何の感慨もなかった。彼女はいつものように冷ややかなまなざしで、眉一つ動かしはしなかった。

奇妙なことに、若者がまるでマーリンを憐れむかのように、かすかに唇を歪《ゆが》ませるのが見えた。

「アイラはあなたのつけてくれた自分の名前をたいそう気に入っていた。そして俺も、アイラのつけてくれたリドルという名が気に入っている」

リドル。謎を解く者。

「昔、アイラはあなたに訊いたはずだ。いったい何のために見捨てられた赤児を育てたのかと。しかもそれは、アイラが初めてではないと言う。何のために？」

「おまえもまた、それを尋ねるのか。たった今、謎を解く者と名乗ったばかりだというのに」

それは答えのない問いなのだ。誰も尋ねてはならない、答えを探してはならない問いなのだ。

「俺はこのことを訊きに来たわけじゃない。あなたには答えられないとわかってるんだ。俺はただ、あなたのなくしたものを返しに来た」

リドルはそう言いながら、マーリンに歩み寄った。

「それでは、この前、おまえが盗んでいったものを返してもらおう」

マーリンはリドルに手を差し出した。リドルはマーリンの白い手を見つめた。

「俺が返そうとしているのは、ずっと昔、あなたが自分で捨ててしまったものだ。この手の上には返せない」

リドルがふいにマーリンの手を握りしめた。マーリンは咄嗟《とっさ》にその手をもぎ離そうとしたが、できなかった。リドルの黒い目がマーリンの目を射抜くように見つめた。

「シャーラ」

力強い、それでいて優しい声が囁いた。

マーリンは突然、胸の中に湧き上がるものを覚えた。長いこと空白でしかなかったその場所に何かが満ちてゆく。

シャーラ。

それが彼女の本当の名前だった。その名とともに彼女はそれまでの一切の記憶と感情を捨てたのだ。永遠に終わることのない絶望を忘れ去るために。氷の心臓を持った魔女として生きるために。

彼女はみずからの生きてきた日々を幻のように思い出していた。シャーラとして過ごしたあまりにも短い幸せな時と、その後に続くマーリンの気の遠くなるような長い呪われた時間を。

彼女の喉から引き裂くような悲鳴が漏れた。それはいつまでもいつまでも続き、魔女の森にこだました。

「シャーラ、シャーラ」

リドルがたくましいその腕にシャーラを抱きしめた。シャーラは激しく泣き叫びながら身悶《みもだ》えた。

「なぜ？　なぜこんなことをしたの？　おまえはわたしの心とともに絶望まで解き放ってしまった。わたしの呪いは永遠に消え去りはしないのに。誰もわたしを助けられはしないのに！」

＊

銀色の魔女が消えていったその場所をいつまでも呆然と見つめながら、シャーラは得体の知れない恐怖の中に立ち尽くしていた。彼女は取り返しのつかない願いを口にしてしまったのだ。

今、彼女が手に入れた永遠の命は死にこそ最もよく似ていた。

（母さん――。母さん！）

シャーラは声にならない悲鳴を上げた。みずからの肉体がまるで生きながら朽ち果ててゆくように、かすかな腐臭を放ち始めたような気がした。

もう家族のもとへ二度と帰ることはできない。この世にはありうべからざる魔性の存在に変わり果て、彼女は共に生きてゆく人を失ったのだ。彼女を今までと同様に受け入れてくれる者はないだろう。

シャーラはみずからの過ちを気が狂うほどに悔い続け、この悪夢から醒める瞬間を祈るように待ち望んだ。だが彼女は静止した時間の中に完全に閉じこめられて、もはやなす術《すべ》はないのだった。

目の前で消えて行った魔女と同じように、次の犠牲者を探せばよいのかもしれない。しかし、この呪いは一度使われてしまった方法では解けないということ、解き放たれるためには別の方法を探すしかないということを、やがてシャーラは、永遠の命とともに受け継いだ魔女の本能によって悟っていた。

シャーラは怯えた小さなけもののように、村人から姿を見られることを恐れ、森の奥深くに隠れた。だが、身についた不思議な能力で、遠くからでも人々の様子を知ることができきた。

突然の娘の失踪を母は深く嘆き悲しんだ。婚約者のブレット、父や兄たちがシャーラは死んだものと諦めた後も、母だけは何度も何度も森を訪れ、シャーラの行方を探し回った。

シャーラはその様子をすべて見ていた。だが、すでに人でないものに変わってしまったその身を恥じて、母に会うことはできなかった。

その母が老いに倒れ、ついに亡くなった時、シャーラを憶えている者はもはや一人としてなかった。そしてその時、シャーラはその名と、悲しみと絶望を知る人の心を湖の底に捨てたのだ。

彼女はそれまでの一切の記憶を失い、感情を持たない魔女マーリンとして人々に知られるようになった。

それから、どれほどの時が過ぎたのだろうか。

＊

「おまえが憎い。わたしに絶望を呼び戻したおまえが憎い！」

シャーラは激しくリドルを責めた。

「なぜ、わたしを放っておいてくれない？　どうしてわたしの静寂を乱そうとする？」

「俺はずっとあなたを夢見ていた。あなただけを」

リドルは少しもひるむことなく、シャーラを見つめ返した。

「夢は夢のまま終わらせるがいい。手を伸ばせば、こなごなに砕け散ってしまう」

「いや、今、俺は夢をこの手にした。あなたはここにいる」

シャーラは一人になりたかった。この若い魔術師には彼女にかけられた呪いの意味がわからないのだ。

「あなたは人の心を失っていた時でさえ、無意識のうちに孤独を癒《い》やすことを望んでいたはずだ。そうでなければ、なぜアイラを育てたりしただろう」

何のために？

何のために？

シャーラの中で再び、この答えのない問いが繰り返された。

森で見つけた最初の赤児ヴィーダを育てたのは、単なる気まぐれであったと言えるかもしれない。やがて成長して、喜びや悲しみの感情をあまりにも豊かに示すようになったヴィーダと暮らすことに耐えられなくなったのも当然の成り行きだった。

だが、彼女はもう一度、赤ん坊を手に入れる機会を得た。

彼女はすでに子どもの世話をする面倒を知っていた。その上、今度の赤児は母親の胎内から無理やり引き出したもので、ほとんど死にかけていた。生き延びるのは奇跡としか思われなかった。

けれど結局、彼女は、一人では息をすることさえできなかった月足らずのアイラを、出来るかぎりの手を尽くして育て上げたのだった。

彼女はいったい何を求めていたのだろう？　長い孤独を分かち合う仲間が欲しかったのだろうか？　だが彼女は愛を拒んでいた。愛には耐えられなかった。なぜならそれは、生きてゆくために彼女が捨てなければならなかった感情だったからだ。

「わからない。わたしにはわからない」

シャーラは激しく頭を振った。やはり答えは見つからない。見つかるはずはないのだ。

「俺はリドル、謎を解く者だ。俺の言うことを聞くがいい。俺は今、答えを得た」

リドルの温かい指がシャーラの頬をはさんだ。リドルの自信に満ちた黒い目に合って、シャーラの頑《かたく》なな心が揺れた。

「子を産めばいい」

「子を？」

「永遠は子から子へと受け継がれてゆく。人はこうして、これまでも、そしてこれからも永遠に生き続けてゆくのだから」

リドルの唇がシャーラの唇にそっと重なった。それが答えなのだろうか。自分の子どもを持つことが。

抱き寄せられた胸の中で、シャーラはリドルの力強い心臓の鼓動を聞いた。その音にはすべてを包みこむ優しさと生命の力が溢れている。シャーラは今、彼が正しいことを知った。

二人は手に手を取って、鬱蒼と茂る木々の間にくっきり浮かぶ白い小径を歩き始めた。

長いこと、魔女の森に影のように立ちこめていた乳色の靄が、二人の通り過ぎた後、どこへともなく散ってゆき、森は鮮やかな初夏の緑に染まった。

氷姫

1

見渡す限りの草原に白いメルキトの王宮がそそり立っている。

真っ直ぐに天を突き刺す鋭い槍《やり》にも似た挑みかかるような尖塔と、ふくよかな乳房のごとく丸みを帯びた屋根をいただく背の低い曲線的な殿堂との組み合わせが、美しい旋律のような調和を生み出して、王宮は一種、幻想的なたたずまいを見せていた。

真っ赤な太陽が地平の彼方《かなた》に沈み、鮮やかな残照であたり一面を染める頃、メルキトの王妃は七番目の赤児《あかご》を産み落とそうとしていた。

身を裂くような鋭い痛みが走り抜けた後、王妃は深い充足感に満たされて、わが子の産声を聞いた。大仕事を終えた後の朦朧《もうろう》とした意識の中で、王妃は産婆に尋ねた。

「男の子？　女の子？」

「…姫君でございます」

王家の子どもたちをすべてその手で取り上げてきた産婆の声は、かすかに震えていた。

「元気な子ね？」

王妃は重ねて尋ねた。だが、快い疲労感に包まれて半ばまどろみかけていた王妃は、そのまま深い眠りの波に身をまかせ、次に目が醒《さ》めるまで、その質問に対する答えを知ることはなかった。

「生まれたか…」

産屋《うぶや》の外では、赤児の最初の泣き声を聞いた王が、満足げな笑みを浮かべていた。三人の健やかな王子と三人のたおやかな王女の幸福な父親である彼は、今また、メルキトの繁栄を約束する新たな宝に恵まれた。

王はそのまま、彼の七番目の子が連れてこられるのを待った。

王家の紋章がついた産着にすっぽりとくるまれた赤児を抱く乳母の顔は、心なしか怯《おび》えているように見えた。経験不足の若い乳母は、みずからの腕の中の高貴な赤児を落としはしまいかと気が気でないのだろう。

「はよう、こちらへ――」

気短な王が乳母を急《せ》かした。

恐る恐る差し出された赤児を一目見た王は、明け方の心地よいまどろみの寝床の中で、いきなり冷水を浴びせられたかのように、はっと息を呑《の》んだ。

「こ、これは…」

赤児の髪は雪のように白く、うっすらと開いた双の瞳は硝子玉《がらす》のように淡い水色であった。

2

ナユーラは十五の年まで〈北の塔〉と呼ばれる尖塔の一つで暮らした。

彼女に与えられた部屋は王宮の中で最も背の高いその塔の最上階にあって、そこからは一望のもと、メルキトの草原を遙《はる》か彼方まで見渡すことができた。

「この草原をずっとずっと駆けていったら、何があるのかしら?」

ナユーラは声に出してそっとつぶやき、憧れに満ちたまなざしで窓の外を見つめた。ナユーラの肌は草原の強い陽射しに耐えることができず、部屋の中にいてさえ、陽のある時は薄いヴェールを顔の前に垂らさなければならなかった。

塔の反対側の窓からは王宮の中庭を見ることができた。ナユーラはしばしば、外で跳ね回っている兄姉たちをひっそりと眺めていた。高い塔の窓から、愛情に溢《あふ》れた熱心な視線が自分たちに注がれていることになど、輝くばかりに健康な彼らは気づいてさえいなかった。

「時々でいいから、お姉さま方に遊びに来ていただけたら嬉《うれ》しいんだけど」

「そうでございますね……」

ナユーラが言うと、ナユーラより四つ年上の哀《かな》しげな顔をした侍女のリリが言葉少なに答えた。

ナユーラの身の回りの世話をする三人の侍女たちはみな無口で、ナユーラが何か話しかけても、たいていはただ、ぽつりぽつりと相槌《あいづち》を打つぐらいのものだった。

中では一番年の近いリリが、ナユーラにとって最も話しやすい相手であったが、そのリリにしても、こちらから話しかけない限り、決して口を開こうとはしなかった。

「わたしがもっと元気だったらよかったのに……」

窓の外を見やりながら、もう一度ナユーラはつぶやいた。

ナユーラは生まれてこの方、ただの一度も塔の外に出たことはなかった。部屋の扉の向こうには、長い螺旋《らせん》階段が果てしなく下方へと伸びていたが、自分がそれを降りてゆくなどということは、ナユーラにはなぜかしら思いもよらないことだった。

月に一度、母がナユーラの部屋を訪れた。ナユーラはこの定期的な母の訪問をいつも心待ちにしていた。

「ごきげんよう、お母さま！」

「ごきげんよう、ナユーラ」

長い階段を上ってきた母は、少し疲れた声でナユーラに挨拶を返す。

「お兄さま、お姉さま方には、お変わりございませんか？」

「ラディマールが隣国の姫君を妃《きさき》に迎えることになりました」

「それはおめでとうございます。ナユーラがお祝いを申し上げていたとお兄さまにお伝えください」

母はナユーラの問いかけに一つ一つていねいに答えてくれる。しかし奇妙なことに、母の視線はいつも落ち着きなく部屋のそこここをさまよい、ごくたまにうっかり、ヴェールをはずしたナユーラと目が合おうものなら、怯えたようにあわてて、その黒い眼をあらぬ方《かた》へそらすのだった。

「お父さまはお元気でいらっしゃいますか？」

「ええ、お元気です。相変わらず、お忙しくていらっしゃるけれど」

ナユーラは太陽と花の匂いのする美しい母を崇拝し、その母のかすかに愁いを帯びた優しい声で語られる父の話を聞くのが好きだった。国事に追われる多忙な君主である父は、ナユーラにとって神にも等しい存在であり、その多忙さゆえにナユーラに会いに来る時間が取れなくても当然だった。ナユーラはそのことを恨めしく思ったことなどない。

母の短い訪問の後、ナユーラは長兄の婚約を祝う唄を歌うために、美しい螺鈿《らでん》で彩られた月琴《げっきん》を取り出した。それは六歳の誕生日に母からもらったもので、その月琴をつまびきながら、思いのままにメロディを紡いで歌うことがナユーラの一番の愉《たの》しみなのだった。

誰に教えられたわけでもなく、旋律は彼女の中から尽きることのない泉のように溢れ出した。

窓の外で折々に移り変わる季節や、遙かにそびえるウルールの山並み、そして、口もきいたことのない兄や姉たちを深く愛していて、ナユーラは思いを込めてその愛を歌った。

そんな日々の繰り返しの中で、ナユーラはゆったりと過ぎる静かな時の流れを穏やかな心で受け止めていた。

ある日、高い塔の窓から流れ出る美しい歌声と妙《たえ》なる月琴の音色に心惹《ひ》かれた一番年長の王子ラディマールが、歌声の主を探しあてようと、他の弟妹たちを誘って、ナユーラの塔までやって来た。長い階段をようやく上りきった六人は苦しげに息を切らしていた。

いつも塔の窓から彼らのことを眺めていたナユーラは、思いがけず、六人そろって訪ねてきてくれたことが嬉《うれ》しくてならなかった。

「ようこそ、お兄さま、お姉さま！」

ナユーラは声を弾ませ、喜びに頬染めて彼らを迎えた。けれども彼らは、何か珍しいものでも見るような顔で、無言のまま、まじまじとナユーラを見つめた。

「…おまえは何だ？」

不審に満ちた沈黙を破り、ようやく世継ぎの王子が叫んだ。

「ナユーラです。一番下の妹です」

ナユーラは、兄の口調に込められた心を凍らせるような思いもかけぬ侮蔑の響きに戸惑いながら、震える声で答えた。

「妹ですって？」

王家の子どもたちの中でも、とりわけ器量よしの長姉マウリアータ姫が、聖なる花園の中にこっそり侵入した場違いな毛虫を見るように眼を細め、ナユーラを眺めやった。

「見て！　この子は白い髪と水色の眼をしてるよ！」

「ずっと前に、ナユーラっていう妹が生まれたと聞いたことはあるけど、その子は生まれてすぐに死んでしまったってお母さまが言ってらしたわ」

「そうよ、ひどい嘘《うそ》つきね！　わたくしたちの妹だなんて……」

「こんな変な色をした髪と眼は見たことがないよ。こいつはきっと化け物だ。化け物に違いない！」

三人の王子と三人の王女は口々に騒ぎ立てた。彼らはみな美しい漆黒《しっこく》の髪と漆黒の瞳を持っていた。

目の前の奇妙な生き物が、髪と眼の色こそ異なれ、自分たちとよく似た顔立ちであることに彼らは気づきさえしなかった。いや、たとえ気づいたとしても、その事実を認めることは、みずからの神聖を冒瀆《ぼうとく》するに等しかった。

果てしない草原の果て、アトロンの海を遙かに漕ぎいで、氷の島々の浮かぶ冷たい北の海を越えてさらにゆくと、黄金の神殿のそびえる見知らぬ王国があって、そこには緑や緋《ひ》色の髪をした不思議な民人が住んでいると船乗りの伝説は語る。

だが、この草原の国メルキトには、年老いた人々の他に白い髪をしている者はなかったし、瞳について言えば、黒以外の色は決してあり得なかった。

兄姉たちの反応に驚いたナユーラは、自分の白い髪を一房手に取ってじっと見つめた。

ナユーラは今までみずからの奇異を知らなかった。確かに母も侍女たちも黒い髪、黒い瞳をしていたが、自分の眼と髪の色だけが特別なもの、あってはならぬものだとは思ってもみなかった。

「わたくしたち、このような場所に来てはいけなかったのですわ」

マウリアータ姫が絹のハンカチで口もとをおさえながらつぶやいた。

美しく血統正しい三人の王子と三人の王女は、ナユーラの存在によって何か許しがたい侮辱を受けたかのように、憤然として塔の部屋から出て行った。

「…待って。待ってください！」

ナユーラは彼らに追いすがるように叫んだが、その悲痛な叫びは、氷のような沈黙に跳ね返されただけだった。

「どうして？」

兄姉たちの冷たい仕打ちにひどく傷ついて、ナユーラはしばし呆然《ぼうぜん》とした。

（こんなはずないわ！　お母さまはどこ？　お母さまに訊《き》いてみなければ。こんなことは…こんなことはみんな、何かの間違いに決まっているのだから——）

「姫さま！　どちらへ…どちらへゆかれるのです？」

これまでの成り行きを恐怖にすくんだように見つめていた侍女のリリが、部屋を出てゆこうとするナユーラに向かって叫んだ。

「今すぐお母さまにお会いしたいの。どうしてもお母さまに！」

「ならば、わたくしがお呼びして参ります。ですから、どうか姫さまは、このままここでお待ちくださいませ！」

「わたしが自分でお探ししたいのよ！」

そう言って、リリの止めるのも聞かず、ナユーラは母を求めて部屋を飛び出した。

ナユーラは生まれて初めて、北の塔の長い螺旋階段を降りようとしていた。ここで一歩踏み出してしまえば、もう決して後戻りはできない——。一瞬、そんな奇妙な予感が彼女の脳裡《のうり》をよぎった。

まるで黄泉《よみ》の国へ下る道のように階段は果てしなく続き、ナユーラはくらくらと強い眩暈《めまい》を感じた。

それでもようやく階段は尽き、ナユーラは北の塔の外に出ていた。

（ああ…太陽が！）

ヴェールを通してさえ、真昼の陽射しは彼女の水色の眼にはまぶしすぎた。

ぐるぐると回ってきたために、ナユーラは方向を見失っていたが、母がいるのは、いくつもの塔に囲まれた王宮の中心に位置するモルヌ宮であるはずだった。彼女は少しふらつく足取りで、王宮の中で最も美しく大きな見間違えようもないその宮を目指した。

「お母さま！　お母さま！」

ナユーラは何度もつまずきながら広いモルヌ宮を駆け回り、愛する母を呼び続けた。宮には大勢の人間がいたが、誰一人として、怯えた小さな少女に救いの手を差し伸べようとはしなかった。

「お母さまはどこ？」

ふらふらと駆け回っていたナユーラは誰かに突き当たりそうになり、その人が母と同じくらいの年格好の女性であることに気づくと、すがりつくような眼でそう尋ねた。しかしその女性は困惑の表情を浮かべて、無言のまま小さく首を振った。彼女はまるで、ナユーラと口をきくのを恐れているかのようだった。

人々はナユーラのことを遠巻きにじっと見つめているくせに、ナユーラがもの問いたげな眼を投げかけると、とたんにさっとあらぬ方を見やるのだった。そんな人々の好奇の視線と押し殺した囁《ささや》きが、ナユーラの不安を募らせた。

（どうしてみんな、あんな奇妙な目つきでわたしを見るのかしら？　どうしてわたしだけが家族から離れて一人で北の塔に暮らしているの？　お兄さまやお姉さまがわたしのことを知らない振りをしたのは、いったいどうして？）

これまで考えたこともなかった事柄が、大きな疑念となって、次々に心の中に浮かび上がってくる。

（きっとお母さまが何もかも説明してくださるわ！）

すべてがちょっとした行き違いだったとわかるはずなのだ。お母さまに、大好きなお母さまに会いさえすれば――。

ナユーラは行き当たりばったりにすべての扉を開けて中を覗《のぞ》きこんだ。いきなり飛びこんできた顔をヴェールで隠した白い髪の少女に、人々は一様に驚きの表情を浮かべたが、誰も彼女を静止しようとはせず、また彼女に声をかける者もなかった。

何度目かに開けた扉の中に、ようやくナユーラは母を見いだした。狂おしく息を切らしたナユーラは、驚愕のあまり声もない母に飛びつかんばかりに叫んだ。

「お母さま！　お兄さまやお姉さまが、わたしを妹ではないとおっしゃるのです。ナユーラは死んだとおっしゃるのです！」

「ナユーラ…」

王妃は突然のナユーラの出現にたいそう面食らっていた。その驚きはほとんど恐怖に近いものだった。ナユーラは決して塔の外に出てはいけないはずであったのに。

初め、食い入るように母だけを見つめていたナユーラは、母のかたわらに威風堂々たる長身の人物が立っているのに気がついた。それは、塔の寝室の壁に掛けて、朝な夕なにナユーラがそっと話しかけていた見慣れた肖像画の顔、偉大な国王にして、心から尊敬してやまない存在、あらゆる苦しみと悲しみから彼女を守ってくれるはずの父であった。

「お父さま！」

夢にまで見た父を目の前にして、ナユーラはふいに息詰まるような不安から解放され、その胸は湧き上がる愛に満たされた。ナユーラは顔に垂らしたヴェールを上げて父に駆け寄り、その力強い抱擁を求めて、かぼそい両の腕《かいな》を差し伸べた。

けれど、差し伸べられたその腕が温かい抱擁に報われることはなかった。王は眉間に深いしわを寄せて、ぷいと横を向いた。

「妃よ、どうしたことだ。早々にこの者を連れ去るがよい。そして以降、決して予の目に触れさせてはならぬ」

それが初めてナユーラの聞く父の声であった――。

3

ナユーラはもう憧れに満ちたまなざしで窓の外を眺めることはなかった。月琴を弾くことも細い澄んだ声で歌うことも、二度とする気にはなれなかった。

たちまちにして世界は色褪《あ》せてしまった。ナユーラの心の中のすべての愛は死に絶えた。何もかも偽りだった。あまりにも残酷で取り返しのつかない嘘。

（わたしは誰からも望まれぬ子ども、生きていてはならない子どもなのだ――）

その存在を世間の目から隠すために、ナユーラは一人、この陰気な塔に押しこめられていたのだ。扉には鍵こそつけられていなかったものの、それが幽閉であった事実に変わりはない。

来る日も来る日も、ナユーラはみずからの呪われた運命と肉親の冷たい仕打ちを恨んで過ごした。無垢《むく》の愛は一転して深い憎悪へと変わり、今では焼けつくような憎しみだけが彼女の心を満たしていた。

早起きの小鳥たちがさえずりを始めるより先に目を覚まし、清々しい朝の冷気が流れこむ開け放した窓から、薔薇《ばら》色の曙光《しょこう》を眺めるのが好きだったナユーラは、今は青白い月の光にさえ目をそむけ、ろうそくの暗い炎を、その憎しみに荒《すさ》んだ水色の瞳でいつまでも見つめていた。

月のない夜が訪れた。

あたり一面に鉛のような靄《もや》が立ちこめ、人々を深い眠りへと誘《いざな》った。ひとりナユーラだけが、一時《いっとき》の忘却を約束する眠りにさえ見離され、悶々《もんもん》と時を過ごしていた。

真夜中にナユーラはふとある気配を感じて、寝台の上に身を起こした。闇の中に闇よりもさらに暗い影が澱《よど》んでいるのを彼女は確かに感じ取っていた。

「誰…？」

「メルキトの王女ナユーラ、そなたの呼び声が予の耳に届いた。予がそなたの力になってやろう」

澱んだ闇が地の底から響くような不気味な声でそう言った。ナユーラの深い憎悪が、闇の底に棲《す》まう何者かを呼び覚ましたのであった。

ナユーラはうつろな瞳をこの生ける闇に向けた。恐怖はなかった。彼女にはもはや何一つ失うものなどなかったからだ。

（たとえ魔王だとしても、この心の痛みを消し去ることなどできはしない――）

ナユーラは心の中で思った。

「そなたは予の力を見くびっておるようだ」

闇の支配者は、言葉になる前のナユーラの思考を読み取って、低く笑った。

「そなたの願いは心得た。予が苦しみなど感じぬ心をやろう。わが領土、深き地の底の湖に張った永久に溶けることのない氷の塊を砕いて作った心臓だ。その代わり、そなたの心臓は予がもらい受けようぞ」

一瞬、ナユーラの胸に突き刺されたような鋭い痛みが走り抜けた。今までそこにあったものがもぎ取られ、何か別のものがその場所に収まっていた。それはやがてゆっくり規則的な鼓動を始め、そこから凍りつくように冷たい血液が全身に送りこまれてゆくのをナユーラは感じていた。

闇の王は実体のない唇でナユーラの冷えきった唇に触れ、恋人が睦言《むつごと》を語らうように、その耳元で囁いた。

「麗しき氷の乙女よ。さらにそなたには、とびきりの贈り物を授けよう。復讐《ふくしゅう》という甘美な盃《さかずき》を飲み干すがよい」

4

メルキト王家を見舞う不幸の兆候は、王が初孫の誕生を待つ朝に始まった。

みずからの子どもたち六人が慈愛深き神の祝福を受けてこの世の光のもとに生まれいでた過ぎし日々を、王はなつかしく思い出していた。七度目に起きた忌まわしい出来事だけは注意深く記憶の底に封じこめながら。

「何をそわそわしておるのだ、ラディマール。男子たるもの、もっとどっしり構えるべきものぞ」

間もなく父親になろうとしている我が息子が、落ち着かない様子でかたわらを行ったり来たりするのを、王は微笑《ほほえ》ましく眺めていた。

「しかし、父上、何と言ってもわたしには初めてのことゆえ…」

その時、産屋の内から身も凍るような恐ろしい悲鳴が上がった。ラディマール王子はぎくりとして立ち止まり、蒼《あお》ざめた。

「心配ない。お産とはこうしたものだ」

王は息子を力づけるように言った。

（しかし、王太子妃も辛抱のない。あのようなはしたない声を上げるとは――）

王が心の中でそうつぶやいた時、産屋の扉がバタンと開き、一人の女官が転がるように飛び出してきた。

「妃殿下が！」

「……」

父と子は言葉もなく、あわてて産屋へと駆けこんだ。目に入ったのは、死んで生まれたねじれた赤児と、苦悶に歪《ゆが》んだ表情のまま息絶えた、血まみれの王太子妃の姿だった。

「なぜ…なぜ、このようなことに？　すべて順調であったはずなのに…」

それは誰にも答えられない謎だった。しかし、お産にはこうしたことはつきものだ。幸いにして王太子はまだ若く、これから、また別の健康な妃を娶《めと》ることもできる――。

だが、その同じ夜、衝撃のあまり魂が抜けたようになった王太子ラディマールは病に倒れ、そのまま二度と回復を見ることもなく、幾日も経《た》たぬうちにこの世を去った。

以後、次々に王位継承者たちが原因不明の病に侵された。すでに他国の王室に嫁していたマウリアータ姫とトルディアーナ姫も例外ではなかった。わずか一ヶ月のうちに、メルキトの血筋の者は、ナユーラ一人を残して、すべて絶えた。

時を同じくして、メルキトは突如として起こった戦乱の渦に巻きこまれた。王はみずから陣頭に立ったが、敗色は濃く、敵に追われて逃げ惑ううちに、流れ矢に左眼を深々と射抜かれて重傷を負った。絶望のうちに王は死に、すべてを失った王妃も後を追うように亡くなった。

こうして、白い髪と水色の瞳のナユーラがメルキトの女王として即位した。この時ナユーラは、十五年を過ごした〈北の塔〉を永久に後にしたのだった。

5

光輝く王冠にも似た黄金の兜《かぶと》ですっぽり頭を覆い、黒い衣装で全身をあますところなく包みこんだ上、さらに磨き上げた鋼《はがね》の鎧《よろい》で武装して、ナユーラは戦場を駆け巡った。

ナユーラが陣頭に立ったその日から、負け続きだったメルキト軍は突然、まるで魔法にかかったように勢いを盛り返し始めた。メルキトに戦いを挑む国はことごとく滅んだ。メルキトは次第に版図を広げ、メルキトの女王ナユーラの名は、またたくうちに大陸じゅうに知れ渡った。彼女の放つ矢は決して的をはずすことはなく、彼女がいったん黄金の太刀《たち》を引き抜けば、視界に入るすべての生命が果つるまで、その太刀が鞘《さや》に収まることはないと噂《うわさ》された。ナユーラは冷酷非情の魔女、氷姫などと呼ばれ、人々に恐れられた。

ナユーラは常に死神のように不吉な黒装束を身にまとい、兜を脱いだ後さえ、紅玉《ルビー》とダイヤモンドで飾られた黄金の仮面でその顔を隠していた。仮面の下に彼女がいかなる考えを抱いているのか誰も知らなかった。ナユーラは大陸全土の支配者となるべく、まずメルキトの一族すべてをその手にかけ、やがてはその底知れぬ野望の赴くままに、全世界を滅ぼすことになろうと、ある予言者は語った。

しかし、大陸全土の覇者たらんとして、この戦いを引き起こしたそもそもの張本人は別に存在していた。むろん、その人物のささやかな野心を煽《あお》り、実際の行動に駆り立てたのが、月のない夜にナユーラの塔を訪れたあの同じ暗黒の帝王でなかったと保証することはできない。

やがてこの人物、ザンドラのバルドドル王は、戦場でメルキトのナユーラと相まみえることになった。今や、大陸の二大勢力となったザンドラとメルキトの戦力は伯仲していた。

みずからのゆく手を阻む者は、ことごとく叩きつぶさんとする決意に燃えていたバルドルであったが、メルキトを治めるのが、まだ年若い女王であるという事実に、ふと心を変えた。

（男と女の戦いには、もっと別の利口なやり方があるものよ――）

ザンドラのバルドルは、その自信に満ちた酷薄な顔にうっすら笑いを浮かべながら、独りごちた。

バルドルはメルキトに休戦協定を結ぶことを申し出た。申し出は受け入れられ、バルドルとナユーラは、オルキスの丘にひっそりと建つ僧院で会見を持つ運びとなった。

「メルキトのナユーラには、くれぐれもご用心なされませ」

会見の前、バルドルの側近であるマーグ将軍が進言した。

「かの女王は、生まれついての魔性の者という評判がございます」

「そのようなことは、ただの噂に過ぎぬわ。髪が白いからといって、魔女だと決めつけるのはくだらぬ迷信だ。ごくたまに、色素が薄いせいで白い髪に生まれつく白子がおるものよ。恐れることなどありはしない」

バルドルは将軍の進言を一笑に付して、オルキスの僧院へと向かった。

オルキスの僧院は、三百年余の昔、〈バーリ＝ムドラの預言の書〉で名高いマルーバ師によって建てられた由緒ある僧院であった。しかし、このあたりにまで戦火が広がり、村がすっかり荒れ果てたため、かつては多くの信者を集めていたこの僧院も、今ではわずか三人の神官によって守られているに過ぎなかった。

バルドルは護衛の兵士たちを外に待たせて、単身、僧院の門をくぐった。

「どうぞ、こちらへ――」

しわ深い顔に悲しげな表情を浮かべた僧院長が、バルドルを崩れかけた僧院の中へと導いた。がらんとした薄暗い会堂に入ってしばらくすると、別の神官に案内されて、黒装束に黄金の仮面をつけた白い髪の女が姿を見せた。

「おお…」

バルドルはかたわらの僧院長が恐怖に喘《あえ》ぐような声を立てるのを聞いた。

「闇に属する者が平気でこの聖域にまで入ってこようとは…。もはや神さえも、この僧院を見離されたもうたのだ」

僧院長は低くつぶやき、バルドルにまるで憐れむような視線を投げかけてから、もう一人の神官とともに逃げるように会堂を立ち去った。

「臆病ねずみめが…」

バルドルは吐き捨てるように言った。神も悪魔も信じないバルドルは、迷信じみた僧院長の言葉など気に留めなかった。老婆のような白い髪を垂らして、冷たい黄金の仮面で顔を隠しているその女は、確かに不気味な存在ではあったが、所詮は彼の年齢の半分にも満たない小娘に過ぎない。

「休戦の申し出に応じていただき、感謝申し上げる」

バルドルは鍛え上げた逞《たくま》しい長身で、目の前のほっそりした女を威圧するように立ち上がった。口調はていねいながら、かすかに笑いを浮かべた彼の眼はあきらかにナユーラを見下していた。

「これはまた、戦場で鬼神のごとく馬を駆り、剣を振るう女戦士とはとても思われぬような小柄な姫君であられる」

「……」

表情のない仮面の下からわずかに覗くナユーラの血が滴るように赤い唇が、にやりと笑ったように見えた。

「さて結論から申せば、われわれがこれ以上戦いを続けたところで、ただ死者が増え、荒廃が広がるばかり。メルキトが休戦協定の話し合いに応じてくだされたところを見れば、ナユーラ殿もこの無益な争いにはもう倦《う》んだご様子。そこで、このバルドルに一つ提案がある。わがザンドラと手を組む気はござらぬかな？」

「…手を組むとは？」

まるで言葉を話すことに慣れておらぬかのようなかすれた声が、薔薇よりも赤いナユーラの唇から漏れた。

生命のない亡霊のようなナユーラから、初めて明らかな反応を得たことで、バルドルは満足げに微笑み、ゆっくりとナユーラに歩み寄った。ナユーラは近づいてくるバルドルを見つめたまま、微動だにしなかった。

「この大陸は、女人《にょにん》が一人で治めるには、あまりに広すぎるとは思わぬか？」

バルドルは囁いて、力強い左腕をナユーラの細い腰に巻きつけ、そのしなやかな体をしっかりと抱き寄せた。

「われわれが手を組めば、もはや恐れるものは何もない」

バルドルの右手がナユーラの白い髪に触れた。ナユーラがほんのわずか、びくりと身を震わせるのがわかった。それから、バルドルの右手はナユーラのつけた仮面に伸び、それを彼女の顔から引き剝《は》がそうとする。

その刹那《せつな》――――。

「うっ…」

低くうめいたバルドルの口から、やがてごぼごぼと鮮血が溢れ出した。彼の厚い胸板に深々と短刀が突き刺さっていた。

「よ、よくも……」

バルドルの眼はたばかられた怒りに燃え、その手はナユーラの細い首にかかったが、もはや彼には、それを締め上げるだけの力は残されていなかった。

かたわらにばったり倒れて絶命したバルドルの巨体を、ナユーラは冷ややかな目つきで眺めやった。

「ザンドラのバルドル、愚かな男よ。このメルキトのナユーラと立ち会いもなしに二人きりで会おうなどと思ったのが身の不運。おおかた、この身を手籠《てご》めにしようとでも目論《もくろ》んでいたのだろう」

暗いオルキスの僧院に勝ち誇ったナユーラの高笑いが響き渡った。

バルドルを失ったザンドラは、まるで悪魔に魅入られた幼子のように、呆気《あっけ》なくメルキトの軍門に降《くだ》った。あれほどの権勢をほしいままにしたザンドラ王国の名も、やがて変貌を繰り返す大陸の地図から完全に消滅し、忘れ去られた。

6

今やメルキトは大陸一の強大な王国となっていた。もはや女王みずからが陣頭に立って戦場を駆け巡ることはなかったが、メルキトによる支配を嫌う小国は数知れず、揺れ動く国境地帯での小競り合いや、一度はメルキトの属国となったはずの地域で起こる叛乱《はんらん》が後を絶たなかった。

地の底に棲まう闇の王と契約を交わして以来、ナユーラは心の苦痛など微塵《みじん》も感じぬ身となっていたが、相変わらず彼女の冷たい心臓を満たしているのは、動かしようのない憎悪のみであった。

(復讐の盃を飲み干した今も、わたしの渇きは少しも癒《い》やされることがない――)

ナユーラは次々と引き立てられてくる異国の虜囚を、あらゆる方法で嬲《なぶ》った。メルキトの宮廷において、虜囚の処刑はこの上なく刺激的なゲーム、陰惨きわまる究極の芸術、そして最も安価に手に入る娯楽としての意義を持ち始めた。

「わたしを恨むがよい。憎むがよい。だがどんな憎しみも、わが心に巣くう憎悪にはかなうまい」

引き立てられた人々の恐怖にひき歪んだ顔や必死に命乞いをする時の抑えきれない声の震え、切り落とされた首から大地に滴る血の色だけが、束の間の満足をナユーラに与えることができた。

ある時、長い黒髪を腰まで垂らした上半身裸の美しい若者が、後ろ手に縛られて馬に乗せられたまま、天幕の蔭《かげ》に腰掛けるナユーラの前に連れてこられた。

若者は勇猛果敢で鳴らしたコータンの王子クルードだった。王子は尊い血筋の生まれらしく、潔い態度で昂然《こうぜん》と頭を上げて、真っ直ぐナユーラを見つめていた。王子の中に、ナユーラは死んだ兄たちの面影を見た。

「西方の国では、見目よい奴隷を獅子と闘わせ、これを見て楽しむとか。コータンのクルードを虎と闘わせてみたい」

ナユーラは仮面の下からわずかに覗く口もとに残忍な笑みを浮かべながら言った。だが、それを聞いても、王子は静かな表情を変えなかった。

「跪《ひざまず》いてわたしに許しを乞わぬのか、王子よ。そなたを待ち受けているのは最も残酷な死に他ならぬのだ」

「あなたは…憐れな人だ」

　ふいにクルード王子が口を開いた。

「メルキトの女王ナユーラよ。あなたの胸に染みついた哀しみのわけがわたしにはわかっている。その哀しみゆえに、あなたは魔物に憑《つ》かれたのだ。わたしはあなたを恨むまい。白い髪の氷姫――」

　風の吹く草原に若者の声が朗々と響いた。一瞬、深い沈黙が流れた。その沈黙を突き破るナユーラの高笑い。

「笑止！　このような囚《とら》われの身にありながら、このわたし、メルキトのナユーラを憐れもうとは！　とうに人の心などなくしてしまったこのわたしを――。しかし見上げた勇気ではないか。その勇気に免じて、一つだけ最後の願いを聞き届けてやろう。虎の牙にかかって果てる前にな」

　そう言って、ナユーラは側近の一人に何事かを命じた。

　女王の命を受けたその男はいずこかへ走り去り、やがて二人の兵士とともに乳飲み子を抱いた若い女を引き立てて戻ってきた。

「クルード、あなた！」

　狂おしく叫んでコータンの王子に駆け寄ろうとした女は、二人の兵士に乱暴に引き留められた。

「エルシェン、そなたもここに捕らえられていたのか……」

低くつぶやいた王子の声には無念の響きがあった。

「さあ、最後の別れをたっぷり惜しむがいい。それからさらにもう一つ、このナユーラからとっておきの贈り物がある。ここにいるそなたの妻と息子のうち、どちらか一方の命を助けてやろうではないか。クルード王子、そなたが選ぶのだ。これはなかなかの趣向だとは思わぬか？　そなたの選択はそのまま、選ばれなかったもう一方の死刑宣告となるのだからな」

「……」

クルード王子は言葉を失ってうつむいた。この世で最も愛する二つのもの、妻と息子の命を天秤《てんびん》にかけることなど、とうていできるわけがない。

「クルードさま、何をためらわれるのですか。どうかわたくしたちの大切な坊やをお助けくださいませ。どのみち、あなたと坊やを失ったわたくしが生きながらえるはずもないのだから――」

王子の妻エルシェンが叫んだ。

「奥方はかように申している。さあ王子、どうする？　わたしはどちらでもいっこうに構わぬ。ただ、王子みずからが妻か子に死刑を宣告する瞬間が見たいだけのこと」

軽い笑いを含んだ声で、からかうようにナユーラが言った。

「なんて非道な…。このようなことは神がお許しになりません！」

満面に朱を散らしたエルシェンが、ナユーラをきっと見据えた。

「神などというものが存在するならば、たった今、その怒りのいかずちでこの身を打ち砕くがいい！」

剝《む》き出しの憎悪を見せて、ナユーラが叫び返した。

「あなたお一人に、このような残酷な選択をさせはいたしません！」

ふいにエルシェンは、かたわらの兵士に自分の抱いていた赤児を押しつけ、それから体を離しざま、その兵士が腰に佩《お》びていた剣をするりと抜き取った。

「わたくしが一足先に参って、おいでをお待ち申し上げます。あなた、ご機嫌よろしゅう…」

止める間もなく、エルシェンはその剣でみずからの喉をぐさりと突いた。

「エルシェン！」

クルードが悲痛な叫びを上げた。ふき出す鮮血であたりを赤く染めながら、エルシェンは仰向けに大地に倒れた。兵士の胸の中の赤児が火のついたように泣き始めた。

「メルキトのナユーラよ。何ゆえにここまでせねばならぬのだ。あなたの胸の憎悪に終わりはないのか？　これ以上、いったい何を望むというのか——」

コータンのクルードは、憎しみよりはむしろ深い悲しみと憐れみを込めた眼で、ナユーラをじっと見つめた。だが、冷たい黄金の仮面の下に隠されたナユーラの表情を読み取ることはできなかった。

クルードは兵士の腕の中で泣いているわが子に視線を移した。たった今、母を失い、そして間もなく父をも失うことになるであろう息子のために、王子は澄んだ力強い声で歌い始めた。草原の四季や星の輝き、人々の愛と平和な営みを彼は静かに歌った。

（そなたに何がわかる…）

ナユーラが誰にも聞こえない声で低くつぶやいた。

（愛ではないのだ。今のわたしが欲しいのは、熱く熱く燃えさかる憎しみの炎。すべてを焼き尽くす地獄の業火《ごうか》——。それがわたしの望むもの）

草原を吹き渡る風が、王子の歌声に和すかのような悲しげな音を立て、そうして遥かアトロンの海へと消えていった。

「処刑場へ——」

女王の乾いた声が響いた。

7

少年は幼い頃からその塔で暮らしていた。少年の部屋の扉には、いつも外側から鍵がかけられていた。その鍵を開けることができるのは哀しげな顔つきをした四十がらみの侍女だけで、その侍女が少年の身の回りの世話の一切を引き受けていた。

高い塔の窓からは、果てしなく続く草原を遙かに見渡すことができた。幼い少年にとって、世界はまだその小さな部屋の中だけに限られていた。彼は自分がいつからここにいるのか、なぜここにいるのか、そして、いつまでここにいるのか知らなかった。だがいつの日か、自分はきっとこの塔を出て行くだろうと、そのことだけは、なぜともなく知っていた。

哀しそうな顔をしたその侍女は、いつも少年に優しかった。彼女は繰り返し、一つの物語を少年に語って聞かせた。それは生まれつき白い髪と水色の瞳をした美しい姫君の物語だった。

「昔々、白い髪をした姫君が、高い高い塔のてっぺんにお一人で住んでいらっしゃいました――」

侍女は遠い眼をして、いつもそんなふうに語り始める。

「そのお姫さまは、もしかすると金色の仮面をかぶってた？」

あるとき、侍女の膝の上にちょこんと抱かれた少年が尋ねた。

「いえ…いいえ」

驚きに眼をみはり、侍女はかぶりを振った。

「仮面などかぶってはいませんでした。草原の強い陽射しを避けるために、薄いきれいなヴェールをつけてはいましたが。でも、なぜ仮面をかぶっていたなんてお思いになったのですか？」

「ぼく見たの。外のお庭に、仮面をかぶった白い髪をした人が、じっとこっちを見上げて立ってたんだ。ぼく、手を振ろうかなと思ったんだけど、やめといた。だって、何だかとっても悲しそうだったんだ。仮面で顔を隠してたけど、悲しそうな顔をしてるってことがわかったんだ」

「そうでございますか…」

侍女はつぶやいて、少年を抱く腕にぎゅっと力を込めた。

「姫君は、たいそう上手に月琴を奏でることができました。お声も透き通るように澄んでいて、いつも小鳥のように歌っていらっしゃいました」

「ねぇ、ここにあるのが、そのお姫さまの月琴なんじゃない？」

少年は侍女の膝からすべり降りて、部屋の片隅に置いてある古い楽器のほうへ駆け寄った。それは鮮やかな螺鈿で彩られた美しい月琴であったが、五弦あるうちの一本は切れ、残りの四本もみなゆるんでいた。

少年はその月琴を両手で持ち上げて、侍女のほうに振り返った。

「これ、弾けるようにできない？」

少年の問いかけに侍女が小さく息を呑んだ。

「…そうですね。坊ちゃまがお弾きになりたいのなら、ちょっと直してもらってみましょうか」

そう言って、彼女は少年からその古い楽器を受け取った。愛《いと》おしげに自分の胸に抱きしめて、彼女はそっと微笑んだ。

8

ナユーラがメルキトの女王として即位してから、二十年あまりの歳月が流れた。

大陸の人々は、黄金の仮面をつけた白い髪の女王を次第に受け入れるようになり、かつてはあれほど恐れられ、忌み嫌われていたナユーラも、今では神聖にして不可侵の女神として、崇《あが》め奉られる存在になっていた。大陸の各地に白い髪の女神を祀《まつ》る神殿が建立《こんりゅう》された。

もはや、ナユーラの治めるメルキトに真っ向から叛旗《はんき》を翻す者はなかった。ナユーラは、大陸の中心部に位置する、かつてザンドラと呼ばれる国のあった緑豊かな丘陵地に新しく王城を建設し、メルキトの宮廷を移した。長い戦乱の世がようやく終わり、大陸には新たな秩序が生まれ、平和が戻ったかに見えた。

時が経つにつれ、ナユーラが廷臣たちの前にその不吉な姿を見せることは稀《まれ》になった。ナユーラはメルキトの強大な王権の象徴であり、大陸全土の聖なる守護神であったが、新しい秩序に慣れた人々の日常は、この偉大に過ぎる女神とは無関係に流れていった。

（この世の神となることの、何とたやすいことか――）

ナユーラは生きることに倦《う》んでいた。奪うこと、滅ぼすことに飽いていた。暴虐の限りを尽くした末に、ナユーラは大陸の覇者となった。だが、この世の栄耀栄華《えいようえいが》などあまりにも取るに足りない。本当に彼女が欲しいのは、そんなものではなかった。いくら探しても、彼女の求める唯一のもの、彼女自身の憎悪をも上回る激しい憎しみに出会うことはできなかった。

（ならば――）

ならば、自分でそれを創り出す他ないとナユーラは思った。そこでナユーラは、みずからの憎しみが培われたその同じ地に一粒の小さな種子を蒔《ま》いた。長い長い時をかけ、ナユーラはその種子が育つのを待っていた。

求め続けていたものは、もうすぐ確実に手に入るはずだった。

季節は巡り、やがて刈り入れの時が来た。

ナユーラはひとり馬を駆り、しばらくぶりに故郷メルキトへと赴いた。白いメルキトの王宮は、見渡す限りの草原に、あの頃と少しも変わらぬ美しい姿でそそり立っている。

だが、かつてこの城の主だった一族は死に絶えた。ただ一人、ナユーラという名の亡霊だけを残して。

王宮はひっそりと静まりかえっていた。まつりごとは、今ではすべて新しく建てられた王城で行われ、ここはただ、ナユーラの離宮として用いられているに過ぎなかった。

（なつかしい音が聞こえる――）

王宮の中庭にたたずみ、遙かな追憶に身をまかせながら、ナユーラは草原を吹き渡る風に耳をすませた。

だがそれは、風の音ではなかった。

ナユーラはくるりと振り返り、王宮の中で最も背の高い、天に向かって放たれた鋭い槍のような尖塔を見上げた。塔の窓から流れ出す聞き間違えるはずもない美しい月琴の調べ。

（この音…この音は――）

「わたしを呼んでいる…」

ナユーラは低くつぶやいた。それからゆっくりした足取りで塔へと向かう。

目指す最上階の部屋まで続く階段は、記憶にある通り、気が遠くなるほど長かった。ナユーラは一段一段、踏みしめるように上っていった。

ようやくたどり着いたナユーラは、見覚えのある重い鉄の扉の前に立った。扉の脇の石壁に鍵がぶら下がっていた。それは以前にはなかったものだ。ナユーラはその鍵を取り、扉を開いた。

鉄の軋《きし》む音で、中にいた少年が手にした月琴を弾きやめて、ナユーラのほうに振り向いた。

「……」

少年はその黒い大きな瞳を見開いて、黄金の仮面をつけた白い髪のナユーラをまじまじと見つめた。

「いつか…いつか、白い髪の姫君がぼくに会いに来ると思ってた」

少年はナユーラを凝視したまま、独り言のようにつぶやいた。

「わたしが誰か問わぬのか？」

ナユーラがゆっくりと口を開いた。

「訊かなくたって知ってます、あなたのことは」

長い艶やかな黒髪を背中で一つに束ねた高貴な顔立ちの少年は、そう言って、当たり前のようににっこりと微笑んだ。

「ぼくは小さい頃から、あなたのことを聞かされて育ちました」

「そうか…」

ナユーラの奇妙にくぐもった声が言った。

「そうか。では、この剣でわたしの胸を貫くがいい。そなたからすべてを奪ったのはこのわたし。さあ、この剣を！　これでそなたの恨みを晴らすのだ！」

突然ナユーラの抜き放った細身の剣が、窓から射しこむ日の光を反射してきらりと光った。

「…あなたはぼくから何を奪ったと言うんですか？」

束の間の沈黙の後、少年が不思議そうに尋ねた。

「そなたは何も知らないのだ。わたしがどれほど多くをそなたから奪ったか。そなたが受けるはずだった愛。その手に剣を握って守るはずだった祖国。そなたの両親を殺したのはこのわたし。強い父、優しい母、わたしがかつて夢見ていたすべてのものを、わたしはそなたから奪ったのだ」

「ぼくは知ってます。侍女が話してくれました。白い髪、水色の眼をした悲しい姫君のことを――」

少年はナユーラの言葉を否定するかのように、もう一度それを繰り返した。

「そなたはいったい何を聞かされたのだ。そなたの侍女は何を知っていると言うのか？」

「ナユーラさま！」

ナユーラの背後で、突然、誰かが叫んだ。ナユーラが振り向くと、そこには哀しげな顔つきをした女が立っていた。

「リリ。おまえの大好きな白い髪の姫君が来てくれたよ」

少年がその女に優しく語りかけた。

「リリ…。そうか、そなたであったのか」

ナユーラは、かつて自分に仕えていたリリという名のその侍女のことを思い出した。

「はい、わたくしです。ナユーラさま、おなつかしゅうございます」

「そなたがコータンの王子に物語を聞かせたというのなら、リリ、そなた、ずいぶん口数が増えたものよ」

「はい、ナユーラさま。以前、わたくしたちは、あなたさまにお話し申し上げることを禁じられておりました。必要以上のことをしゃべってはならぬと、かたく命じられていたのでございます」

「母がそう命じたのか。天女のように優しげな顔をして、このわたしをそこまで疎んじていたとはな」

ナユーラの声には乾いた哀しみの響きがあった。

「わたしはとうの昔に憎い身内への復讐を果たし、もはや何ものもわたしの心を痛ませることはない。だが、そのようなことは結局、何の慰めにもならなかった。たとえ痛みは感じずとも、今も血を流す生々しい傷口は見えるのだ。わたしの復讐心はまだ少しもおさまりはしない。かつてのわたしを苦しめた、あの激しい絶望と憎しみよりも強い思いを見るまでは——」

ナユーラは再び、少年に視線を移した。

「わたしはずっと待っていた。わたしの憎しみを超える憎しみを。そなただけがわたしの思いを本当に理解することができる。そして、わたしの苦痛に満ちた長い空虚な人生を終わらせることができるのだ。わたしはずっと待っていた。憎しみに燃えるそなたの刃《やいば》がわが胸を貫いて、この冷たい心臓を打ち砕く瞬間を——」

「あなたは悲しいんですか？　流す涙をなくしてしまったから？」

少年が深いいたわりを込めて尋ねた。

「コータンの王子よ。そなたは聞いていなかったのか？　そなたの父母を殺したのはこのわたし。そなたの母は、幼いそなたの命を守るために、みずからの喉を突き、大地を赤く染めて死んでいった。そなたの父は、咆哮《ほうこう》する飢えた虎の檻《おり》に丸腰で放りこまれ、わたしの目の前で八つ裂きにされた。それはそれは、目を覆いたくなるほど惨《むご》たらしい光景であった。獰猛《どうもう》な虎の牙がクルードの骨と肉を噛《か》み砕く音を聞きながら、わたしは大声で笑った。幸福なそなたの家族を踏みにじってやったことがたまらなく愉快だったのだ」

「そうしてあなたはずっと、ぼくが成長するのを待ってたんだね。ぼくの憎しみがあなたの憎しみを超えた時、あなたは悲しみから解放されるんだと信じて。あなたが時々、この城にやって来て、塔の下からこの窓をじっと見上げてたってこと、ぼくは知ってる」

少年は立ち上がり、ゆっくりとナユーラのほうに歩み寄った。

「憎しみでなければいけないの？　別のものじゃいけないのかな？　自分がかつて持っていたことさえ知らなかった何かを奪われたと聞かされても、ぼくの心に憎しみは湧かないよ。あなたがぼくを待ってたように、ぼくもあなたを待ってたんだ。ぼくはずっと考えていた。塔を見上げるあなたは、仮面の下で、きっとすがるような眼をしているんだろうって。ぼくはずっと確かめたかった」

少年はナユーラと触れ合わんばかりに近づいて立ち止まった。少年はナユーラよりほんの少し背が高いだけだった。

「あなたのことばかり考えていた。あなたの水色の瞳が見たい。仮面の下のあなたの素顔が――」

少年は囁いて、ナユーラの黄金の仮面の端に両手をかけた。

かつて、ナユーラの黄金の仮面をはずそうとした男たちは、ことごとく命を落とした。ナユーラは今も、おのが右手に鋭い抜き身の剣を握っている。だがナユーラの腕は、その一振りの剣の重さに耐えかねるように、だらりと下がったままだった。

少年は息を詰めて、ゆっくりと仮面を剝がした。

「ああ！　なんてきれいなんだ…」

仮面の下のナユーラの顔には二十年の時の流れは存在しなかった。日の光にさらされたことのない透き通るように白い肌、輝く水晶のような水色の瞳、そして、その繊細な顔を取り巻く象牙色の長い髪。ナユーラは、目の前の少年といくつも年の変わらぬ少女のように見えた。

「やっぱり、ぼくの夢見ていた通り…」

少年はナユーラにそっと顔を寄せ、その赤い唇にくちづけた。

その瞬間、ナユーラの胸の中に、この塔で過ごした寂しいが平穏な日々の記憶が鮮やかに蘇《よみがえ》った。あの頃の彼女は人を憎むことなど知らなかった。彼女の優しい心を満たしていたのは限りない愛だった。

（わたしが待っていたのは、これだったのだろうか…？）

ナユーラの水色の瞳に熱い涙が溢れた。涙は頬を伝い落ちることはなく、渇いたナユーラの内側にはらはらとこぼれた。その一滴が、憎しみの刃を待ち受けていたナユーラの冷たい心臓に達し、永遠に溶けるはずのない氷をみるみる溶かしていった。

少年の腕の中でナユーラは静かにこと切れていたが、その穏やかで美しい顔には幸福な微笑みが浮かんでいた。

ガラスの靴

あたしのことを知らないなんて人は、めったにいないでしょうね。だけど、名乗ったところで誰もわかっちゃくれない。

考えてみれば不思議な話。でも、世の中にはそういうことって、案外、多いものかもしれない。

親の七光りなんて言い方があるけど、あたしの場合、有名なのは親じゃなくて妹。妹とはいっても、血はつながってない。ママの再婚相手の連れ子にあたるってだけの関係。義妹《いもうと》は〈シンデレラ〉って名前で知られている。

ははーん、つまり、この人、あの悪名高き〈意地悪なお姉さん〉ってことか――。

なーんて、今、思ったでしょ？　口に出さなくたって、ちゃんとわかってるんだから。どうせあたしは〈意地悪なお姉さん〉、史上、最低、最悪の敵役《かたき》。絶対、お嫁さんにしたくないタイプ、ナンバーワン。

人からなんて思われたって平気だわ。もう慣れっこだから。それに、あれだけの悪評を立てられても仕方のないことを、あたし、実際にやってきた。そのことは潔く認めてもいい。

だけど、一部の噂《うわさ》で、まるであたしが呆《あき》れるほどに強欲で間抜けな身の程知らずみたいに言われてるのは、いくら何でも納得できない。我慢の限界を超えている。

あの子にはあの子の物語があるように、あたしにもあたしの物語がある。もちろん、ドラマの主役を張るのは、たいてい、美男美女とか正義の味方と相場が決まっているけれど、世の中、心も見た目も美しい、ご立派な人なんて、めったにいるものじゃない。むしろ、誰にだって欠点はあるし、自分の欠点をもてあまして、どうすることもできずにもがき苦しんでいる人間が山ほどいる。そんなふうに悩んでいる人間こそが、一番人間らしいって言えるんじゃない？

だからあたしは、そういう平凡な悩み多き人間の一人として、これからあたし自身のことを話そうと思う。みんなが知ってるあのおとぎ話と重なる部分もあるけれど、あたしの話には、妖精の代母も魔法使いのおばあさんも死んだお母さんの魂が宿る魔法の木も出てこない。

願い続けていれば、突然どこからか魔法の使い手が現れて、素敵な夢をかなえてくれるなんて絵空事を本気で信じられる人は、あたしの話に耳を傾けてくれなくてかまわない。現実は、おとぎ話みたいにきらきらしたものじゃない。でも、地味で退屈であったとしても、あたしの物語は紛れもない真実で、おまけに、ささやかではあるけれど、やっぱり魔法としか呼べない何かが隠されている。

できすぎの義妹を持ったことで、苦しみ続けなければならなかった哀れな女の気持ちをわかってくれる人だけに、この物語を聞いてもらいたい。

*

あたしの本当のパパは、あたしが十一歳の時に死んだ。

貴族の出身ではなかったそうだけど、たいそう頭がよくて、商才に恵まれていたらしく、莫大《ばくだい》な財を築いて貴族の称号を買い、それから、身分は高いけど、経済的には落ちぶれかけていた伯爵家の令嬢であるママと結婚した。

ママがどうしようもなく高慢ちきな女だってことは否定できない。ママは、ただの平民であるパパと結婚してやったんだという意識を隠そうともしなかった。パパのすることにいちいちケチをつけて、あなたは品がないとか育ちが悪いとか、パパの一番気にしてることを、あたしたち子どもの前でも平気でずけずけ口にした。

パパはもともとママのことが好きだったわけじゃないし、そんなこと毎日言われてたら、ますます嫌いになっちゃうだろうし、外でずいぶん女遊びもしていたらしい。

今にして思えば、ママもかわいそうな人だったのかもしれない。でもあたしは、やっぱりパパのほうが好きだったし、パパはあたしをすごく可愛《かわい》がってくれた。

パパが死んで間もなく、ママは再婚した。それがシンデレラの父親というわけ。この人は代々続く名家の跡取りで、よく言えばおっとりした、悪く言えば優柔不断な、いかにもお坊ちゃん育ちってタイプの人で、何でもママの言いなりだったから、ママは二度目の結婚に満足していた。

ただ、夫としては悪くなかったとしても、父親としては最低の部類だった気がする。子どものことになんかほとんど関心なかったから。実のところ、シンデレラの最大の不幸は、こんな父親を持ったことかもしれない。

実子にも義理の娘たちにも平等に無関心なこの人は、ママの連れ子のあたしたちにはむしろ好都合だったと言える。そもそも、あたしにとっては、死んだパパだけが父親だから、義理の父親がどんな人だろうが、どうだってよかったけど、血を分けた娘をうちのママみたいな冷酷な継母《ままはは》にまかせっきりにして、かえりみようともしない神経がまったく理解できない。

あたしには一つ違いの姉がいる。あたしたちはそれまで、美人姉妹で通っていた。姉さまは性格も外見もママによく似た冷たい感じの美形で、あたしだって姉さまほどじゃないにしても、決して不器量なほうではなかった。

でも、初めてシンデレラを見た時――。

あたし、思わず息を呑《の》んだ。この世にはこれほどまでに完璧な美少女が存在するものなのか。はにかんだ様子で、ただそこにいるだけなのに、格の違いは明らかだった。

シンデレラはあたしより一つ年下だった。華奢《きゃしゃ》ではかなげで、触れたらこわれてしまいそうな印象だったけど、どんなに大勢、人がいたとしても、すべての視線を一瞬にして惹《ひ》きつけてしまうほど美しく、たぐいまれな宝石みたいにまばゆい輝きを放っていた。

あたしは突然、自分が不細工なでくのぼうになった気がした。シンデレラの優しい微笑《ほほえ》みが、あたしを、あたしたち母娘《おやこ》を侮辱する嘲笑のように見えた。

シンデレラに対する憎悪は、この最初の瞬間に始まったと言っていい。あたしはたった十二歳だったけど、それは醜い醜い女の嫉妬だった。たぶんあの時、ママと姉さまも、あたしと同じような気持ちになったんじゃないかと思う。

あたしたち母娘の憎悪をかきたてたのは、シンデレラの美しさだけではなかった。姿形の美しさなんか、あの子の数ある長所のうちのほんの一部に過ぎなかった。

あたしたちの冷ややかな態度に、ちょっぴりひるんだ様子だったけど、あの子は、あたしたちが来たことを心の底から歓迎していた。母親をずっと小さい頃に亡くし、年老いた乳母に育てられていたシンデレラは、本当に寂しかったんだろう。

でもあたしには、あの子をかわいそうだと思ってやるゆとりなんかなかった。もっとずっと年が離れていたとしたら、あの子があれほど完璧な美貌の持ち主でなかったとしたら、事情は変わっていたかもしれないけど。

あの子はあんまりいい子すぎた。いい子すぎて、思わずいじめてやりたくなるようなところがあった。男だったら逆に、思わずかばってやりたくなるんだろうけど。

時々あたし、自分が男に生まれていたらどうだったろうって思うことがある。

もしあたしが男だったら、シンデレラとのそもそもの出会いから、まるで違うものになっていたはずだ。男であるあたしは、もちろんシンデレラに嫉妬など感じるわけもなく、ただもう、彼女を一目見たとたん、狂おしいほどの恋に落ちていたことだろう。

そうなったら今度は、義理とはいえ、妹に恋心を抱いてしまったという罪の意識にさいなまれ、それはそれでまた別の不幸を味わうことになったかもしれない。

そう考えると、人が男に生まれるか女に生まれるかは、人生最初にして最大のわかれ道のように思われる。すべてが大いなる天のご意志であるならば、あたしたち無力な人間は与えられた運命に黙って従うしかないのだろう。

たまたま女に生まれついたあたしは、同じ女であるシンデレラが目障りで仕方なかったけれど、一つだけ言っておきたいのは、いくらあの子が嫌いでも、使用人代わりにこき使っていたなんてことは決してないってことだ。

あの子はよく気がきくし、手先が器用で、頼まれればいやな顔一つせずに何でもやってくれるから、ついいろんなことをさせちゃったのは認める。でもまさか、床みがきとか皿洗いみたいな下働きがするような汚れ仕事までさせたことはない。せいぜい着つけの手伝い程度のものだ。

ママは確かにきつい人だったけど、そこまであからさまな継子《まま こ》いじめをするには、育ちがよすぎたってことでしょうね。

それにママは、自分でシンデレラに何か用事を言いつけるなんてことはいっさいなかった。あれこれ用事を頼むのはもっぱら姉さまで、ママは姉さまのすることを黙って見ていただけだった。

ママにとって、あの子は透明人間も同然だった。ママは徹底的にあの子を無視していた。あの子には口をきかなかったし、何も買ってやらなかった。話しかけられても、聞こえない振りをしていた。それであの子はいつも貴族の令嬢にふさわしからぬ格好をしていたのだ。

シンデレラには案外強情なところがあって、それならそれで父親にねだるとか、やりようはいくらでもあるだろうに、何も言わずに、あたしたちのお古なんかを仕立て直して着ていた。そこがまた、憎らしいと言えば憎らしいところ。

考えようによっちゃ、それはあたしたちに対する挑戦みたいに見えた。だって、あの子がどれほどみすぼらしい格好をしてたって、あたしたちがどんなに飾りたてていたって、あの子のほうが千倍もきれいだって事実に変わりはないんだから。

実を言えば、あの子にシンデレラって名前をつけたのはあたしなの。でもそれは、みんなが知ってる例のおとぎ話で言われているように、あの子が雑用でほこりまみれになったり、暖炉の灰の上に座って灰だらけになったりしていたからじゃない。この有名なあだ名は、あたしたちの虐待の証拠なんかじゃなく、ほんのはずみでついただけのもの。

前に、ママと姉さまが夜会に出かけようとしてた日のことだ。

あたしはもともと、パーティなんかあんまり好きじゃない。それに、ママと姉さまとあたしが派手に遊び歩いて、シンデレラだけおいてきぼりなんて、あまりにも世間体が悪いんじゃないかって気がしていた。ママと姉さまは、自分がよそ様にどう見られるかなんてことにはまるで頭の回らない人たちだから、あたしが気をつけていなくちゃどうにもならない。

だから、ママと姉さまだけ出かけて、あたしとシンデレラがお留守番っていうのは、よくあることだった。

姉さまはもともと、鏡ばっかり眺めて、他のことには何の興味もないような人なんだけど、およばれに行く時は特に気合が入って、支度にめちゃくちゃ時間がかかっちゃう。鏡の前にいやになるほどねばって、きれいな（と言っても、シンデレラが現れて以来、たいしてきれいとも思えなくなっちゃったけど）顔とにらめっこ。そのせいでいつも遅刻しそうになって、結局、姉さまの出た後は、嵐が通り過ぎたような惨状になる。

あたしはそんな姉さまを、ただ呆れて眺めているんだけど、シンデレラは意外にも、姉さまの手伝いが楽しくてならないみたいに、進んでてきぱきと手を貸した。髪を結うのなんかびっくりするほど上手で、姉さまはすぐに、他の小間使いには髪を触らせないほどになった。

姉さまはとにかく注文の多い人だから、姉さまが満足できるようにしてやるのは並大抵のことじゃない。あれを持ってきて、ここを直して、髪飾りが気に入らないと、次から次に用事を言いつける。

これじゃやっぱり、シンデレラを使用人代わりにこき使ったと言われても仕方ないけど、とにかくある日、例によってばたばたと駆けずり回って、姉さまの支度を手伝ってたあの子が、何かの拍子に姉さまの脱ぎ捨てたドレスを踏んづけてすべっちゃったのね。そして、暖炉に頭から突っこんじゃったの！

運のいいことに、暖炉の火は消えていた。もしあれで火がついていたら、大変なことになってたでしょうね。死にはしないまでも、あのきれいな顔にひどい火傷《やけど》を負ってたかもしれない。

時々あたし、もしそうなっていたらなんてことを考えてしまう。

もちろん、あの一瞬はあたしだってぎくっとしたけど、別に何ともないってわかると、あの子の格好のあまりのみっともなさに、あたし、げらげら笑っちゃった。

あの子が姉さまのお気に入りのサッシュを持ったまま、灰の中に突っこんじゃったものだから、姉さまはもう、かんかんだった。あの子が謝ろうとしても、耳を貸そうともしない。

「寄らないでよ！　ドレスに灰がついちゃうでしょ！」

姉さまが金切り声でわめきたてる。

あの子は救いを求めるような目であたしのほうを見た。まったく、あたしが助けてやるとでも思ってんのかしら。あんな目で見られると、あたし、よけいにいじめてやりたくなっちゃう。

「やだ、こっち来ないでよ、この灰かぶり《シンデレラ》！」

これが、あまりにも有名なこの呼び名があの子についた顛末《てんまつ》だ。

こんなふうに、あたしはあの子に意地悪ばかりしていたのに、どういうわけか、あの子はあたしになついてしまった。いくら邪険に扱っても、あの子はいつも、あたしにくっついて回るようになった。

一度なんか、こんなことがあった。

その日は夕方から急に天気がくずれ、夜にはすっかり暴風雨になって、ゴロゴロと雷も鳴っていた。あたし、雷は好きじゃないし、頭から毛布をかぶって、ベッドで小さくなっていた。

もうほとんど真夜中近くなっていたと思う。かすかに扉をノックする音が聞こえたような気がした。外の嵐のせいで、よく眠れずにいたあたしは、そんなの空耳に決まってると判断した。

こんな夜に、パパがいてくれたらなぁとあたしは思った。そしたら、パパのあったかいベッドにもぐりこんでいけるのに。もっとも、パパが生きてる頃だって、そんなふうに甘えたことはなかったけどね。

その時、もう一度、ノックの音が聞こえた。空耳じゃない。あたしはびくっとしてベッドに起き上がった。

あたしはかなり気が強くて、お化けとか幽霊みたいなものを信じるほうじゃなかったから、勇気を奮い起こして、「誰?」って訊《き》いてみた。

ドアの向こうから返事はなかった。でもあたしは誰かがそこにいるのがわかった。

今、思いきって確かめてみなきゃ、正体がわからないまま、一晩じゅう、眠れないことになる。あたしは覚悟を決めてベッドから飛び出し、部屋の扉をパッと開いた。

あたし、あやうく悲鳴を上げそうになった。だって、白い影みたいなものがボーッとつっ立ってたから。

それは白い寝間着を着たシンデレラだった。ちょっぴり泣きべそをかいてるみたいな顔をしていた。

「お姉さま、こんな時間に起こしちゃってごめんなさい…」

あたしはたった今、死ぬほどびっくりさせられたわけで、あの子の顔を見たら、今までの恐怖がむらむらと怒りに変わった。

「何の用なの？」

とげとげしい口調で言うと、シンデレラの瞳から大粒の涙が溢《あふ》れ出した。

「ごめんなさい。わたし、雷が怖くて、眠れなかったの」

だから何なの？　あたしだって怖かった。あたしだって眠れなかった。甘えんじゃないわよ！

「お姉さま、一緒に寝させてくださらない？　お願い…」

涙をいっぱいためてそう言うシンデレラは、ドキッとするぐらい可愛かった。あたしは何だか頭の芯がくらくらした。そして同時に、あたしはその素直さ、可愛らしさに嫉妬を覚えていた。

それでもあたしは、震えるあの子を拒みきれず、仕方なく、あたしのベッドに入れてやった。ベッドの中で、あの子はあたしにギュッと抱きついてきた。

あの子はあったかくて、やわらかくて、いい匂いがした。あたしの腕の中で、安心しきったあの子は、間もなくすやすやと寝息を立て始めた。

あたしはとても複雑な気分だった。神経質で、小さな物音にさえ敏感なあたしは、記憶にある限り、誰かと…姉さまとさえ一緒に眠ったことはなかった。けれど、腕の中のそのぬくもりは心地よく、いつしかあたしも眠りに落ちていった。

シンデレラと一緒に寝たのは、後にも先にもこの一度だけだ。翌朝、目覚めた時、一人じゃないとよく眠れないから、これからは絶対に邪魔しないでと、はっきりあの子に言いわたした。あの子はしゅんとして、自分の部屋に戻っていった。

だけど、どうしてシンデレラは、姉さまじゃなく、あたしを選んだんだろう。あの子に意地悪なことを言うのは、いつだってあたしだったのに。まあ、それは姉さまよりあたしのほうがあの子に関心持ってたってことだろうけど。

たぶんシンデレラは、あたしのことを尊敬してたんだと思う。自分で言うのも何だけど、あたしって割と頭がいいほうだから。お裁縫とか刺繍《ししゅう》みたいないわゆる女のたしなみはからっきしだけど、学力については一流の家庭教師から太鼓判を押されていた。

あたしの教育に熱心だったのはパパで、ママは女の子が学問をやりすぎるのにはいい顔しなかった。あたしだって別に、男に生まれて学者になりたかったなんて思ったことはない。ただ、人には向き不向きがあって、あたしは姉さまみたいにおしゃれに命を賭ける気にはなれないし、シンデレラみたいに、女のたしなみ何でもござれってわけにはいかないってだけの話。

ママはあたしが本ばかり読んでいるのが気に入らず、ひどい嫌味を言った。おまえに較《くら》べたら、シンデレラのほうがよっぽどいい奥方になれるというのだ。あまりにも当たり前のことなので、嫌味になってないかもしれないけど、うちのママにしてみれば、これが最大級の侮辱と言える。

あたし、パパが死んでから寂しさをまぎらすってこともあって、物語や詩なんかをたくさん書きためていたんだけど、もちろん、ママや姉さまには絶対ばれないように気をつけていた。

でも、やっぱり書くからには誰かに読んでもらいたいって気持ちはあって、つい手近のシンデレラに読ませちゃったってわけ。

あの子はあたしの物語をすごく気に入ったらしい。こんなおもしろい物語は読んだことがない。お姉さまは天才じゃないかしらなんて、真剣な顔で言いだすしまつ。あたしだって身の程は知ってるけど、そんなふうに手放しで褒められれば、悪い気はしない。

もっともあの子は、物語がハッピーエンドにならないと、ちょっぴり不満そうな顔をする。どうして姫君は、騎士の助けを待たずに身を投げてしまうの？　なんて訊かれても困っちゃう。あたしは悲劇が好きなんだもん。芸術は悲劇でなくちゃ。ハッピーエンドなんて通俗。

でもほんのときたま、あたしはせがまれて、悲恋の物語をシンデレラのためにハッピーエンドに書き換えてやった。あの子は唯一の読者なんだし、少しはサービスしてやらなくちゃ。

シンデレラはそんなに勉強はできるほうじゃないんだけど、絵を描くのはとても上手だった。あたしがそのことを知ったのは、シンデレラに初めてあたしの物語を見せてあげた次の晩のことだ。

遠慮がちにあたしの部屋の扉をノックしたシンデレラが、戸口に立ったまま恥ずかしそうにあたしに微笑みかけた。

「これ、差し上げる」

シンデレラが内緒話でもするような小さな声で言いながら、あたしに一枚の絵を差し出した。

それはあたしの物語の中の一場面、囚《とら》われの姫君が、月の輝く夜に、遠い故郷を思って、塔の窓辺で竪琴《たてごと》を奏でているところを描いたものだった。

その絵は、十歳かそこらの子どもが描いたにしては、たいそうよくできているとあたしは思った。あたしは絵は苦手だったし、自分の物語に挿絵をつけようなんて考えたこともなかった。

「へぇ、うまいのね」

あたしが思わずそう言うと、シンデレラは嬉《うれ》しそうに顔を輝かせた。そのとたん、あたしはシンデレラの絵を褒めてしまったことを後悔した。どんなささいなことでも、シンデレラにあたしより優れたところがあるってことを認めたくなかったのに。

「本当にそうお思いになる？」

「まあね」

シンデレラがものすごく幸せそうな顔で訊き返すので、仕方なくあたしは曖昧につぶやいた。

「お姉さまに気に入っていただけて、わたし、とっても嬉しい。ばあやはわたしの描いた絵を褒めてくれるけど、ばあやって、わたしのすることは何でもいいと思っちゃうの。だからわたし、ばあやの言うことは全部が本当じゃないってわかってる。でも、お姉さまはとっても賢いし、もちろんわたしが妹だから、普通よりひいき目に見てくださるのは当然だけど、それでもお姉さまに認めていただけたら、わたし、この絵が悪くないって信じられるわ」

開いた口がふさがらないとはこのことだ。こともあろうに、このあたしがシンデレラをひいき目に見るって？　あまりの勘違いぶりに、すっかり毒気を抜かれちゃった。

とにかく、こんなふうに何かとあたしにくっつき回るようになったシンデレラは、ある日、幼なじみのボーイフレンドをあたしに紹介してくれた。侯爵家の一人息子で、名前は…彼だけ本名を明かすのも何だか不公平な気がするから、とりあえず、チェスの駒から名前を借りて、ルークと呼ぶことにする。いつもシンデレラのナイト気取りではあったけど、どっちかっていうと、チェスのルークと同じく縦にも横にも真っ直ぐにしか進めない単純なタイプだから。

あたしたち母娘がこの家に来た時、侯爵家のご一家は領地のお屋敷に滞在中で、あたしたちが初めて顔を合わせたのは、ママとシンデレラの父親の再婚から半年ほども経《た》ってからだった。

ルークは姉さまと同い年で、ひょろりと背の高い、涼しげな目をした少年だった。シンデレラを見つめる彼の喜びに満ちた表情に、あたしはシンデレラに対する彼の恋心をありありと見てとった。

ところが、これが新しいお姉さま、とシンデレラが紹介したあたしのほうに顔を向けたとたん、彼の表情ががらりと変わった。そしてあたしは悟ったのだ。あたしとルークは永遠の敵同士になるだろうって。

彼はたぶん、あたしとシンデレラの服装があまりに違っていることに気づいて、腹を立てたのだろう。

あたしは姉さまほどおしゃれじゃないし、ママのお気に入りの娘でもなかったけど、ママは姉さま同様、あたしのことも飾り立てたがった。口に出すことはなかったけれど、ママはあたしたち姉妹がシンデレラに見劣りするのが悔しかったんだと思う。

姉さまとあたしとママは、いつだって最新流行のドレスを着ていた。生地も仕立ても一流だった。だから、シンデレラがそんなにひどい格好をしていたというわけではないんだけど、あたしたちと並んでいれば、その差は一目瞭然だった。

大好きなシンデレラが、意地悪な継母とその連れ子に虐げられていると思って、ルークは激しい怒りを感じたのだろう。まるで噛《か》みつくような目で、あたしのことをにらみつけた。

あたしとルークの間の険悪な空気に、シンデレラはまるで気づいていなかった。シンデレラって、そういうところがもう、いらいらするほど鈍いんだ。これだから、人の心の中に悪意が存在するってことを知らない〈いい子ちゃん〉はいやなのよ。

そっちがその気ならいいわよ、ってあたしは思った。何よ、ちょっとハンサムだからって、まるであたしを汚いものでも見るような目で見ちゃってさ。

男なんて、いつだって可愛い女の子ばっかりちやほやするんだ。姉さまやシンデレラのせいで、あたしはいつも損ばかりしてきた。あたしの性格が歪《ゆが》んじゃったのも無理ないでしょ。

あんたなんかてんで目じゃないわよってことを示すために、あたし、いつにも増して、思いきり高慢ちきな態度であいつをにらみ返してやった。

それまで、あたしの物語に登場する王子さまは、いつも黒い真っ直ぐな髪と、黒い涼やかな瞳を持っていた。でもあの日から、王子さまは栗色や黄金色の髪、緑や青や灰色や、あらゆる色の瞳を持ち始めたけれど、決して黒ではありえなかった。黒髪、黒目の男なんか、もう大嫌いになったから。

ルークは、シンデレラがあたしを連れて遊びに行くたびに、はっきりと不愉快そうな顔をした。あたしだって何も、ルークやシンデレラと一緒に遊びたかったわけじゃないけど、ルークがあたしのことをいやがってるのがわかってたから、あたし、わざと意地悪してやろうと思って、くっついて行ってたんだ。

一緒にいても、あたしとルークが直接口をきくなんてことは、ほとんどなかった。彼も不愉快だったろうけど、あたしだって不愉快だった。

さすがのシンデレラも、次第にこの気まずい雰囲気に気づき始めたらしく、あたしとルークが沈黙していると、場を繕って、ことさら明るくおしゃべりしてみせたりした。あたしは何とかルークをぎゃふんと言わせてやりたいって思ってた。そしてある日、偶然その機会を見つけた。

ルークの家でお茶をご馳走《ちそう》になってた時に、素晴らしい装飾のほどこされたチェスのセットが目に入った。

「素敵なチェスがあるのね」

あたしは誰に言うでもなく、そうつぶやいた。すると珍しいことに、ルークがそれに応えて言った。

「曾《ひい》おじいさまはチェスの名手でね。これは曾おじいさまが国王陛下とゲームをした時に、記念として拝領したものなんだ」

彼の声は誇らしげだった。

「どちらがお勝ちになったの？」

あたしとルークが自然な感じで口をきいたのが嬉しかったらしく、シンデレラがはしゃいだ声で会話に加わった。

「曾おじいさまは、たとえ陛下がお相手でも、手加減したりしなかったんだ」

「こんな立派な駒を使って、一度、ゲームをしてみたいわ」

それはあたしの本心から出た言葉だった。あたしはチェスが好きだったし、その芸術品を実際に動かしてみたいと思ったのだ。

「やってみるかい？」

驚いたことに、ルークはにっこり微笑んでいた。いつも苦虫を噛みつぶしたような顔であたしを見るくせに。この人、本気なの？　今日は何だかあたしたち、本当の友達みたい。こんなことってあるんだろうか。

ところが、ルークがテーブルの上にチェス盤をのせて駒を並べ始めた時に、あたしには別の考えが浮かんできた。これこそ、ルークをぎゃふんと言わせてやるチャンスかもって思ったんだ。

あたし、チェスにはかなり自信があった。小さい頃から、名人級のパパにずいぶん仕込まれてたから。子ども相手でも、それこそ絶対に手加減してくれないパパには一度も勝ったことなかったけど、同じ年頃なら、あたしに勝てる人はまずいないだろうってパパは保証してくれた。

パパが亡くなってからも、あたし、パパを思い出しながら、一人でいろんな手を研究してたりしたから、そうそう腕は落ちていないはずだった。

ルークはたぶん、チェスのうまい女の子が存在するなんてことは考えもしなかっただろう。しかも、あたしのほうが一つ年下だし。

ルーク本人はあたしの想像以上に強いプレイヤーだった。だけど、案の定、あたしの腕を見くびっていたし、そろそろ彼の顔色が変わってきた頃には、もう手遅れだった。

あたしは気分爽快でチェックメイトを決めた。

「お姉さま、すごい！」

シンデレラが無邪気に手をたたいた。あたしは得意満面でルークの顔を見やった。彼が悔しそうに目をそらす。

どうしてだろう。それは確かにあたしが待ち望んでいた勝利の瞬間のはずなのに、あたしの中に苦い後悔の念が込み上げてきた。さっきまで本当の友達みたいにいい雰囲気だったのに、あたしはそれをぶち壊しちゃったんだもの。

どうせあたしは全然可愛げのない、生意気な女ですよ。だけど、ルークだってゲームに負けてむっとするなんて、男らしくないじゃない。

どう転んだところで、あたしとルークはウマが合うわけないって事実をあらためて思い知らされる。

このチェスのゲーム以来、あたしはシンデレラとルークの仲間に加わるのはやめにした。あたしは招かれざる客なんだし、わざわざ出向いていって不愉快な思いをするなんて、ばかげてるもんね。

そうして、ルークとあたしの関係は完全に決裂した。

あたしは憂さ晴らしに物語を書きまくった。たとえば、一見心優しく美しい娘とハンサムな青年が、猛烈に陰険な悪役になって、かわいそうなヒロインをいじめる話。

ああ、やだやだ！　こんなことしたってちっとも気は晴れない。だってどう考えたって、陰険なのはあたしのほうなんだもん。

パパさえ生きてくれたらなあ。そしたら、何もかも違ってたのに。あたしだって、こんないやな子にならずにすんだのに。

自分が無条件に誰かに愛されていると信じられるのって、すごいことだと思う。何をしたって、この人だけはあたしの味方なんだという確信は、人の心をとても豊かにしてくれる。

今、あたしにはそういう人がいない。大好きだったパパの死とともに、あたしの心は荒《すさ》んでしまったんだ。

シンデレラはそれからも、たびたびいろんな絵を描いてあたしに見せに来たけど、あたしはもう二度と褒め言葉なんか口にしなかった。だけどあたしは、あの子の絵がどんどん上達していることに気づいていたし、悔しいけれど、内心では感心せずにはいられなかった。

シンデレラの絵は、たいていあたしの物語の一場面をとったものだったけど、ある日、お姉さまの肖像画を描いてみたのと言って、一枚の絵を差し出した。

「どうかしら？　わたし、これ、自分ではかなりうまく描けた気がするの。お姉さまにも気に入っていただけたら嬉しいわ」

遠慮深いシンデレラが自分からこんな言い方するなんて珍しいことだから、これは相当な自信作なんだろうと思われた。

あたしはその絵を見た。何て言ったらいいだろう。あたしの中に最初に湧き上がった感情は…。

それは確かにあたしの顔だった。あたしの目、あたしの口、あたしの鼻がそこには描かれていた。でもその顔に現れた表情は、実際のあたしの顔には決して浮かんだことのないもの、天使のような無垢《むく》の優しさだった。

絵の中のあたしは、シンデレラと同じくらい美しく微笑んでいる。あたしの顔とシンデレラの魂を持った見知らぬ美少女。

この肖像画は、あたしには決して得ることのできないものを描いているのだ。あたしに決定的に欠けているものを、いやというほど思い知らされる。

こんな絵を見せに来たシンデレラに、あたしは怒りさえ覚えていた。なんでこの子は、こんなにもあたしの劣等感を刺激するんだろう。あたしはあんたのことなんか大嫌いなのに、あんたはまるで何にも気づいてないみたいに、どうしてあたしにまとわりついて離れないの?

「あたしはこんな顔じゃない」

絞り出すようにつぶやいたその言葉は、さすがのシンデレラもはっとするような強い口調になった。あの子はびっくりして、はた目にもかわいそうなほどうろたえた。

「ごめんなさい……」

消え入りそうな声で謝るシンデレラの目に、大粒の涙が浮かぶのをあたしは見た。

やだやだ。すぐ泣けばいいと思ってるんだから。こうなるともう、泣かせたこっちが悪者みたいになっちゃう。

そりゃ誰が見たって、この場合、あたしの態度は理不尽で意地悪でしょうよ。でも、この意地悪の裏に、心の中であたしがどんなに傷ついているかが隠されてるってこと、わかんないかな。

シンデレラがあたしのそういう意地悪をどう感じていたかわからない。いっそ恨みに思って、近づいてこなくなればいいのに。どっちにしても、あたしがなんで意地悪するのか、悪意や嫉妬と無縁のあの子には、絶対に理解できないんだろうな。

もちろんあたしだって、説明してやる気なんてない。あんたがあんまりきれいでいい子だから、あんたには決して勝つことができないから、だからあんたが嫌いなんだなんて、そんなことあんまり癪《しゃく》で、口が裂けても言えるわけないじゃない。

あたしたち母娘のシンデレラいじめは、いつの間にか有名になりつつあった。そんなことが評判になったら、姉さまやあたしのお嫁入りにもさしつかえるんじゃないかと思ったけど、だからって、今さらシンデレラに表向きだけでも親切なふりするなんて白々しいことは、あたしの美学に反するわ。

せめて、あの子にもう少しマシな格好をさせたほうがいいんだろうけど、あたしの口からそんなことを言えば、ママは絶対、へそを曲げるに決まってる。だいたいママは、他人から何て思われようと平気な人なんだ。

それでいろいろ悩んだ末に、あたし、いいこと思いついた。新しい服を作ってもらったら、どっか目立たないところを破るなり汚すなりして、シンデレラにやってしまえばいいんだ。新品のままあげたりすると、ママが変に思うだろうし、万が一、あたしが親切でやってるんだなんてシンデレラに誤解されでもしたら、我慢できないもん。

とにかくこの手を使えば、シンデレラも流行の服を流行しているうちに着られることになる。社交界では、去年の服を着ているってことが最大の恥になっちゃうから。

あたしも決して大柄というわけじゃないけど、シンデレラはあたしに輪をかけて小さかった。本当に細くてはかなげで、肌の色も抜けるように白いものだから、普通の人間みたいに物を食べたり、お手洗いに行ったりするのが信じられないくらい。

シンデレラと一緒にいると、自分が不格好に見える気がするから、いやになる。

だから、あの子にやるつもりのドレスは、ちょっとぐらい大きくても、サッシュでしばったりして調節がきくようなデザインにしなくちゃならない。あたしは五着に一着ぐらいの割合で、なるべく小さくドレスを仕立てさせ、一回か二回着ただけで、何だかんだと難くせつけてシンデレラに譲ってやった。

この作戦は成功だった。ママからは気まぐれだとか、わがままだとか文句を言われたけど、姉さまだって似たようなことしょっちゅうやってんのよね。

せっかくうまく行ってたこの思いつきをぶち壊したのは、憎たらしいルークのやつだ。うちのみんなが侯爵家の午餐会《ごさん》によばれた時のことだった。

ママとルークのお母さまっていうのは遠い親戚にあたるとかで、あたしたちがここに来てから、うちと侯爵家のおつき合いは、前より親密になっていた。

母親同士は仲がよくても、子どもたちは完全に犬猿の仲だった。姉さまは面食いなので、最初はハンサムなルークのことを気に入ってたみたいだけど、あいつがあんまり感じの悪い態度を取るんで、姉さまはその理由がまったく理解できずに、少し気を悪くしていた。でも、姉さまは、ちやほやしてくれる崇拝者には事欠かないから、一人くらいに無視されたって、別にどうってことはない。

弁護するわけじゃないけど、姉さまって、あまり人と衝突するような人じゃない。完全に自分にしか興味がないから、ちょっとでもいやなやつが現れると、たちまちその存在そのものを頭の中から抹消してしまい、あとは平気でいられるってタイプの人だ。

その点、シンデレラやルークにいつもいらいらさせられてるあたしとは大違い。姉さまとあたしは「意地悪な姉妹」ってことになってるけど、本当に意地悪なのは、考えてみればあたしだけかもしれない。

とにかく、子どもたちは冷たい関係だったけれど、うちと侯爵家とは、何かにつけてよんだりよばれたりのおつき合いをしていた。他のところならシンデレラを連れていくことはないんだけど、侯爵家にはたいていシンデレラも一緒に来る。

そもそも、あたしたちがあの子をいじめてるなんて噂が広まっちゃった元凶は、この侯爵家にあるとあたしはにらんでいる。だって、あそこ以外では、シンデレラが他人から姿を見られるってことはないんだもの。もっとも、うちの使用人たちが外で言いふらしてるという可能性も捨てきれないけど。

その頃にはすでに、シンデレラはまともな服を五、六着持つようになっていた。ちょっとした午餐会ぐらいなら、どこへ出しても恥ずかしくないだけの支度をできるようになっていた。

その鮮やかなブルーのドレスはシンデレラによく似合っていた。胸元とスカートの裾に薔薇《ばら》の蕾《つぼみ》を型どった飾りが無数に散りばめられている。

あたしは一瞬、軽い後悔のうずきを覚えた。これをあげちゃうのは惜しかったかな。芝居見物の時に一度手を通しただけだ。まあ、今さらケチケチしたって仕方ないけど。

侯爵夫人はルークによく似てたけど、ルークみたいに怜悧《れいり》な感じはなく、おっとりと上品な貴婦人だ。でも、まあ他意はないんだろうけど、時々どきっとするようなことを口にする。あの日、シンデレラのことをじっと見つめながらこう言った。

「最近、とてもおしゃれになったのね。見違えたわ。これまではお姉さま方の小間使いみたいな格好だったもの」

ちょうどあたしの真向かいに座っていたルークが、ぎろりとあたしをにらんだ。あたしは知らんぷりしようとしたけど、自分の顔が赤くなるのがわかった。

侯爵夫人の言葉に反応を示したのは、ルークとあたしだけだった気がする。

当の奥方とシンデレラは平然としているし、姉さまはだいたい、シンデレラをいじめてるって自覚がないし、ママは心の中はどうあれ、少なくともその冷たい顔つきからは何も読み取れなかった。うちの〈お父さま〉はもともと何事にも関心の薄い鈍感男だし、侯爵は見て見ぬふりという感じ。

「うちにも娘がいたらよかったのですけどね。本当にお嬢さま方は可愛らしくて華やかで、うらやましゅうございますわ」

オホホと侯爵夫人はハンカチを口もとに当てて愛想笑い。

「まあ、恐れ入ります。わたくしどもこそ、おたくのご子息さまのような立派な跡継ぎを授かっていたらと思わずにいられませんわ」

ママも負けずにお世辞を言う。侯爵夫人は一人息子を溺愛してるから、こういうお世辞が一番効果がある。

「息子はわたくしと違って、それは頭がよろしいんですの。父親に似たのでしょうね。特に語学が得意で、ラテン語はもちろんのこと、この間など、ギリシャ語の叙事詩を暗唱して聞かせてくれましたの。ねぇ息子や、みなさんにもお聞かせしたらいかが？」

ふいに水を向けられて、今度はルークが赤くなった。あきらかにあたしの目を気にしている。彼はシンデレラに聞いて、あたしが語学が得意だってことを知っていたのだ。どうもシンデレラは、お姉さまはあなたよりもっとお勉強ができるのよ、と自慢しているふしがある。

以前、シンデレラはよくルークに勉強を教わっていたらしい。ところがあたしが来てからは、その役はすっかりあたしのものになってしまった。シンデレラにくっつき回られるのはうっとうしいけど、勉強を教えるのは嫌いじゃなかった。いろんな話をしてやって、尊敬のまなざしを向けられると、少なくとも頭だけはあたしのほうがいいんだって確信できたし。

でもその結果、あたしはルークからシンデレラを奪うみたいな形になってしまい、そのことが彼のあたしに対する反感をよけいにあおっているに違いない。

ルークはあたしの前で、ギリシャ語の叙事詩を暗唱するつもりはないようだった。母親の言葉などまるで耳に入らなかった顔でぷいと横を向いた。

息子の不機嫌の理由に気づかないまま、侯爵夫人は白けた座を取りつくろうために、姉さまに何か歌うようにせがんだ。あたしは次に歌うように頼まれては大変と思って、こっそり部屋を抜け出して庭園に出た。

池のほとりのベンチに座って、何となくぼんやりしていると、うしろに誰か近づいてくる足音が聞こえた。例によってシンデレラが追いかけてきたんだろうと、ややうんざりしながら振り向くと、驚いたことにルークが立っていた。

わざわざこんなところまであたしを追いかけてくるなんて、いったいどういうつもりなのかと、一瞬、我にもなくどぎまぎしてしまった。でも、ロマンチックな場面などではもちろんなく、ルークはいつにもまして不機嫌で、今にも噛みつきそうな顔をしていた。シンデレラを見つめる時の何とも言えないあたたかいまなざしなど、期待すべくもなかった。

「君たちは相変わらず、あの子につらく当たってるんだな」

ルークはいきなり、冷たい声で言った。彼があたしのことを嫌いなのはよくわかっていたけど、シンデレラのことでこんなふうに面と向かって非難されたのは初めてだ。

「ほとんどどこにも連れていってやらないみたいだし、彼女の着ている服といえば、君たちがさんざん着古したおさがりばかりじゃないか」

「おさがりばかりってことないわ。今日のドレスだって…」

「この前、君が着てただろ」

あいつは決めつけるように言った。

「劇場で君があのブルーのドレスを着てたのを憶《おぼ》えてるんだからな」

「そ、そんなこと…」

「言い訳はよせよ、見苦しい」

ルークの高飛車な言い方に、あたしはむっとした。

「何よ、男のくせに、人がいつ何を着てたかいちいち憶えてるなんて、いやらしい」

あいつはバカにしたようにふんと鼻を鳴らした。

「あれはたまたま印象に残ってただけさ」

「印象に残ってた？」

「そう。君によく似合ってると思ったから」

どうしてだったのだろう？　ルークのこの言葉は奇妙なほど残酷に響いて、あたしをひどく傷つけた。あたしは絶対あいつを許せないと思った。

ルークがシンデレラのためを思って、あたしにあんなことを言ったのだとしたら、それはまるで逆効果だった。どうせ何をしたって意地悪に取られるなら、何もしてやらないかいい。

あたしのやり場のない怒りはママに向けられることになった。世間に悪評が知れ渡るのを放置したのはママだ。嫉妬深くて高慢で、どうしようもないエゴイスト。あんな人があたしを産んだ実の母親かと思うと、ぞっとする。あたしと似た部分が多いからこそ、こんな言いようのない憎悪を覚えるのかもしれない。

あたしは一度、シンデレラの本当のお母さんの肖像画を見せてもらったことがある。それはあの子が描いたものではなく、本職の画家の作品だ。

聖母マリアのようだった。あたしは思わずため息をついてしまった。こんな人がお母さんだったら。あたしのパパがこんな優しそうな人と結婚していたら。あたしはふと、そんなことを考えていた。もちろん、そんなことになっていたら、あたしなんかこの世に生まれてなかったわけだけど。

つまり、〈もしも～だったら〉なんて夢想には意味がない。あたしは一瞬でもシンデレラがうらやましいなんて思っちゃった自分に腹が立った。ママとは確かに気が合わないけど、聖母マリアみたいなお母さんだって、何だかうっとうしそうだし。

それに、ママのことでは娘としてちょっとつけ足しといてあげなきゃならないことがある。ママにはあたし以上に世間の風当たりが強いから。

これはあたしもずっと後になってから知った話。ママの実家である伯爵家のおばあさまのところへ遊びに行った時、おばあさまがあたしだけに内緒で教えてくれたことだ。

パパとの縁談が決まる前、ママにはもう一つ別の縁談があったんだって。家柄の点ではつり合いの取れた話で、実際、ママとその相手の人とは小さい頃から許婚《いいなずけ》みたいな間柄だったらしい。

ところがママの家は外構えは立派でも、内情は苦しく、相手の家はその点でもママのところとぴったりつり合いが取れていたというわけ。

そういう家同士が結びついても、共倒れになっちゃうだけだし、その相手の人は結局、持参金をたっぷり持ってる別の貴族の娘と結婚してしまった。そして、それが実はシンデレラのあの父親であり、マドンナみたいなお母さまだったって言うの！

あたし、ママがかつての許婚を心から愛し続けていたとは思わない。確かにシンデレラの父親だけあって、ハンサムだってことは認めるけど、ちょうどうちの姉さまと同じで、何にも中身がなくて、決して心からの愛情を抱けるような人じゃない。だからこれは、純愛というよりは執着。

それでも、他の女に乗り換えられたことで、ママがすごくプライドを傷つけられたのは痛いほどわかる。しかも、相手の女性というのが、お金があるだけの下賤《げせん》な女だっていうならまだしも、家柄も人柄も経済力も容貌もあきらかにママより上の完璧な女性であったから、ママの敗北感は相当なものであったに違いない。

結局、その後、ママはまさに〈お金があるだけの下賤な男〉、つまりパパと結婚しなければならなかったし、その夫と心が通じ合うことはなかった。

パパが死んでからすぐにかつての許婚と再婚したことで、ママがどんなにその結婚に執着していたかがわかる。ママはこの家で、前の奥方の痕跡をすべて消して、最初から〈そうなるはずだった〉ように家庭を作り替えたかったのだ。

そのためには、前の奥方にうりふたつのシンデレラの存在はどうにも目障りで、ママとしては徹底的に無視するより他どうしようもなかったんだろう。

シンデレラにはシンデレラの物語があるように、あたしにはあたしの物語があるように、ママにだってやっぱりママだけの物語があるのかもしれない。

それでも、あたしがこの話を知ったのはずっとずっと後になってからで、あの頃はあたし、ママの気持ちなんて考えようともしなかったし、ママなんかいなくなっちゃえと思うことさえあった。

そうして、ママとあたしの関係は次第に険悪なものになっていった。おたがいいつも、なかった。

なるべく相手を無視しようと心がけてはいたけど、いったん口論になると、ただではすまなかった。

ママには、あたしの中にくすぶっている怒りの原因が何なのかわからなかっただろう。正直言って、あたしにもよくわからなかった。たぶんシンデレラのこと。だけどもちろん、あたしだってママと同様、あの子が嫌いだし、あの子を一番邪険に扱うのは他ならぬこのあたしだった。

どうしてあたしがこんなことで悩まなきゃならないんだろう。ばからしくて、やってられない。

時々、舞踏会なんかでルークに会うと、あいつはいかにも軽蔑しきったような目であたしを見る。もちろん、あたしにダンスを申し込むなんてことはない。

姉さまは舞踏会の花だったし、あたしもまんざら、もてなかったわけじゃないけど、ダンスなんてちっとも面白くなかった。シンデレラに代わりに行ってもらいたいぐらいだった。

実際、その頃あたし、ヘンな男に追いかけ回されていた。ヘンというのは言葉の綾《あや》で、見栄を張るつもりはないけど、客観的に見れば、むしろ、いい男の部類だったかもしれない。次男ではあったけど、ちゃんとした名門の伯爵の息子だし。

彼は最初、姉さまの取り巻きの一人だった。実年齢より世慣れた印象で、ずいぶん遊んでるって噂もあった。

そんなプレイボーイがどうしてあたしなんかに目をつけたのか不思議な気がする。彼はあたしに「妙に屈折してるところが可愛い」なんてことを言ったのだ。たぶん、意地っ張りで、すぐむきになっちゃうあたしをからかうのが面白かったのかもしれない。

こういうところ、姉さまとあたしは対照的だった。姉さまは感情の起伏がとぼしい。よく言えば、情緒が安定してるってことだけど、あの人にはそもそも情緒ってものがあるのかどうか疑わしい。どっちにしても、つき合っていて面白い人じゃない。その割には、ずいぶんもてたけど。

だからまあ、あたしより姉さまのほうが美人なのは確かだけど、姉さまよりあたしのほうがいいって言う人がいたって別に不思議じゃない。

これがあたしとシンデレラなら、話は別。シンデレラよりあたしのほうがいいなんて人は、大嘘《おおうそ》つきかよっぽどの変わり者だ。あたしのこと可愛いなんて言ってる彼だって、シンデレラを一目見たら、ころっと気が変わっちゃうに決まってる。

それに「妙に屈折してるところが可愛い」なんて、あたしのこと見抜いてるみたいな言いぐさも気に入らなかった。あたしいつも、誰かにわかってほしいと思ってたけど、いざ面と向かってそういう言われ方しちゃうと、「何よ！」って構えちゃうわけ。

彼にとっては、それも数ある遊びのうちの一つに過ぎなかったのかもしれないけど、あたしには結構、彼が本気でいるように見えてはいた。だけど、あたしには彼はあんまり大人に思えて、すごく違和感があって、あたしが本気になっちゃうのは、まったく馬鹿げている気がした。

結局、彼は外交使節に任命されて、外国に行ってしまった。まだ若いのに、ずいぶんと早い出世だった。もったいないことしちゃったかな。あんなにつんけんして、肘鉄食らわせたりしてなきゃ、彼、外国に行く前にあたしに求婚していたかもしれない。もっとも、あの人の奥さんになって、外国暮らししてるあたしなんて、想像もつかないけど。

そういえば一度、パーティで彼に言い寄られているところをルークに見られたことがある。

女なら誰だってこの気持ちわかってくれると思うけど、別に好きな人じゃなくたって、誰かに恋を囁《ささや》かれたりしたら、ちょっと嬉しいじゃない？　あたしももちろん、悪い気はしなかった。あたしだって捨てたもんじゃないんだって思えたし。でもあの時、ルークに見られてるのに気づいて、あたし、動揺してしまった。

あいつったら、なんか、汚らわしいものでも目撃してしまったみたいに、ふんって感じで目をそらせた。まったく、いちいち癇《かん》にさわる男なんだから。

もう、早くルークのやつが成人して、シンデレラと結婚でも何でもしちゃえばいいのに。あたしだって、いつまでもシンデレラにまとわりつかれてたら迷惑だし、何かにつけてルークにあんな目つきでにらまれるのにはうんざりだ。

シンデレラは相変わらずあたしにべったりだった。その頃のあの子の楽しみっていえば、たぶん、あたしの書いた物語を読むことくらいだったんじゃないだろうか。

ママとの仲が険悪になればなるほど、あたしは創作に没頭したし、シンデレラは次から次にあたしの作品を読みたがり、あの子の手放しの賞賛はあたしのナルシシズムを心地よく刺激した。

シンデレラという子は、もしかすると、どこか頭のネジがはずれているんじゃないかと思えるぐらい、予想外の行動に出ることがある。あの度はずれた純真さを見ていると、時々、こちらのほうがいたたまれなくなる。

あたしの十六歳の誕生日にあの子がくれたプレゼントには驚いた。

もちろんあの子は、少なくともあたしたちがここに来てからは、家族から贈り物をされたことなんかない。

「お姉さまにはいつも、素敵なお話を読ませていただいているから」

そう言ってシンデレラは、正式なパーティにでもしていけそうな手作りの美しい襟飾りを差し出した。その襟飾りの中央には、かなり大きなダイヤのブローチがはめられている。

「こんなの、もらえないわ」

あたしはびっくりしてそう言った。自分じゃ使用人みたいな格好をしているくせに、いったいどうやってこんなものを手に入れたんだろう？

「ここについてるの、本物のダイヤじゃないの？」

シンデレラはあたしの顔を見て、花のように微笑んだ。

「わたしの亡くなったお母さまのなの。ここにつけると、すごく素敵でしょ。きっとお姉さまにとてもお似合いよ」

「自分のにしたらいいのに」

この子ったら、どうしてこうお人よしなんだろうと思いながら、あたしはつっけんどんな口調で言った。

「ご遠慮なさらないで。お姉さまに差し上げたいの。お姉さまのこと大好きなんですもの」

「……」

その無邪気なシンデレラの言葉に、あたしはあらためてショックを受けた。あんたなんか大嫌いだって言われたほうがむしろ驚きは小さかったかもしれない。

「わたしね、前は侯爵家のおにいさまが一番好きだったの。でも今は、お姉さまが一番よ。だって、おにいさまは幼なじみではあるけど、やっぱりよその人だし、時々、わたしの大切な家族のこと、悪く言ったりするんですもの」

これを聞いたら、ルークはいったい、どんな顔をするだろう。憤慨のあまり、気が狂ってしまうかもしれない。

あたしは何だか怖くなった。シンデレラはきっと、悪魔だって愛せるに違いない。

すっかり気が動転してしまったあたしは、仕方なくその贈り物を受け取って、何だかしどろもどろになりながら、やっとのことでシンデレラを部屋から追い出した。

それからしばらくの間、あたしはシンデレラにあまり強いことが言えなくなってしまい、シンデレラはますます親しみを示してくるようになった。

あたしの気持ちは前といっこうに変わっていなかったけど、ママの目には、最近とみに反抗的な態度を見せるようなったあたしが、シンデレラに寝返って何かをたくらんでいるように映りだしたのだろう。

ある日、部屋でシンデレラに新作の物語を読ませてやっているところを見つかって、ママの怒りが爆発した。

ママは初めからシンデレラのことを激しく憎んでいたけど、手を挙げるような真似《まね》をしたことはないし、直接、あの子を怒鳴るとか罵《ののし》るとかしたこともない。それはおそらく、ママの不可解なプライドのせいだったんだろう。

今、あたしを怒鳴りつけながら、ママは同時にシンデレラへの鬱憤《うっぷん》をも晴らしているのだった。

「こんなくだらないものを書き散らしてる暇があったら、おまえにはもっと他にやるべきことがあるはずです。まったく小賢《こざか》しいばかりで、女らしいことは何一つできないんだから。おまえの父親も抜け目ない商人のくせに、わたくしに隠れてこそこそ詩なんぞ書きためていたっけ。あの人が死んでから、わたくしがそれを見つけてどうしたと思う？　こうしてやったわ！」

叫ぶように言うと、ママはいきなりあたしの書いた作品の束をざっとかき集め、止める間もなく、赤々と燃える暖炉に投げこんだ！

あたしはただ呆然《ぼうぜん》と勢いを増した火を眺めていた。あたしの一番大切なものが目の前で消えゆこうとしていた。燃えているのはあたしの心臓だった。

バタンとドアを叩きつけるようにママが出て行った。あたしと同じように声もなく立ち尽くしていたシンデレラが突然暖炉に駆け寄って、黒焦げの紙束を狂気のように救い出そ

そこから見えてくるのは、知識こそが力であり、魔法であるということだ。知識と情報をいちはやく握る者が莫大《ばくだい》な富と力を得る仕組みの現代社会は、実は驚くほど魔法世界と類似しているように思われる。今の時代に生きるわれわれは、魔法ファンタジーを通して知と力の関係を知り、手にした力を現世においていかに使うべきかを問われるのである。

知識への底知れぬ渇望の持ち主として知られる存在に、北欧神話の主神オーディンがいる。オーディンは神であり、北欧世界に君臨する最高権力者でもあるのだが、オーディンはいろいろな意味で、魔法使いの原型と言える特徴を備えている。世界の支配者でありながら、知識欲があまりに旺盛で、統治を顧みないこともあったという。その点で、『テンペスト』のプロスペローと通じるところがある。

隻眼《せきがん》で白い髭の老人という特徴的な姿で描かれるオーディンは、神々と人間の世界の支配者であり、その一つだけの目を光らせて全世界を見据えている。オーディンの肩にはフギン（思考）とムニン（記憶）という二羽のカラスがとまっていて、朝になると世界を飛び回り、主人に新しい情報を持ち帰る。オーディン自身も、しばしば人間の世界を旅して回るが、その際には、片目であることを隠すため、つばの広い帽子を目深にかぶり、農民のような姿になる。愛用の武器は投げれば的をはずすことのない魔法の槍《やり》グングニール、愛馬は八本脚のスレイプニールとされる。

オーディンが片目なのは、巨人ミーミルの守っている知恵の泉の水を飲む代償として片目を差し出したからである。神でありながら、大事な目を犠牲にしてまで知恵を手に入れようとしたことになる。また、世界の中心にある巨大な宇宙樹イグドラシルに九日九夜の間、みずからの魔槍《まそう》グングニールに貫かれながら吊《つる》されるという、さらに驚くべき方法で、魔法の言葉ルーン文字の秘密をつかみ取ったと言われる。

オーディンがこれほど大きな犠牲を払ってまで、貪欲に知恵を手に入れようとするのは、知恵と知識こそが力であるからに他ならない。全知全能のはずの神がここまで執着するからには、知恵や知識や情報こそが魔法の本質だと言えるのではないだろうか。

いにしえの神話のエピソードが現代社会にも十分通用する真理を描き出すその不思議さに驚かされる。前述した通り、今の時代、価値ある情報をいちはやくつかみ、正しく分析した者が計り知れない力を持つことは広く知られている。時代の先端を行く、それこそ魔法使いのようなＩＴ長者に誰もがなれるわけではないが、それでも、巷《ちまた》に溢《あふ》れかえる玉石混淆《ぎょくせきこんこう》の情報について、何が正しく何が間違っているのか選《え》り分けることは、今やすべての人間にとっての死活問題とも言える。知恵と正しい知識がなければ、判断力は身につかず、間違った情報に踊らされ、悪質な詐欺の被害者にされてしまうこともある。生き抜いていくためには、われわれは知恵と知識で武装しなければならないのである。

力は、使い方を間違えると、世界の崩壊にもつながりかねない危険なものでもある。「ゲド戦記」シリーズの魔法学校ローク学院では、たとえ砂粒一つを何か別のものに変えることさえ、宇宙の均衡をゆるがすことになるのだと教える。[9] だから、本当に必要な時まで、魔法を使ってはならないというのである。大きな力を持てば持つほど、その使い方には慎重にならなければならないということだ。これもまた、現実世界に通じる真理と言えよう。

われわれは今、混迷の時代にあって、いかに生きるべきかの指針を見失っている。現実世界に信じられる指導者もなく、尊敬できる師匠も見当たらない時、われわれはふと、物語世界のすぐれた魔法使いたちに教えを請いたいと願うのかもしれない。

おとぎ話の功罪
――フェイ・ウェルドンの『魔女と呼ばれて』を読む

1.〈魔女〉の造形

かつてはきわめてネガティブな女性像であった「大人」の〈魔女〉が、二十一世紀の現代においては、たとえば日本では四十代以上の女性に適用される〈美魔女〉(1)などという呼称がある種の市民権を得て一般にも浸透するようになり、妖《あや》しくダークなイメージを保持したまま、憧れの対象にもなって、物語や映像作品の中でも、時に主役に躍り出るまでになっている。

ここでいう〈魔女〉とは、一九六〇年代頃から日本のTVアニメ等にしばしば登場し、一つの典型的なヒロイン像としてもてはやされてきた、若くて愛らしく清純な〈魔法少女〉とは一線を画する存在である。(2)若さと美しさを謳歌《おうか》する〈魔法少女〉たちは、魔法を使えるプリンセスとして、むしろ二重の意味で特権を与えられており、多くの場合、負のイメージとは無縁である。

現在、新しい〈魔女〉像として注目されているのは、これらの〈魔法少女〉とは別種の成熟した魔女たちだ。

若さを失い、かつての美しさが色褪《あ》せたことを魔法の鏡にきっぱり言い渡されて激怒し、自分を敗北させた年若いプリンセスを妬《ねた》み、憎悪し、殺意さえ抱くこともある大人の女、まさに、おとぎ話の中の悪役そのものである。元来、おとぎ話には、プリンセスの守り手としての役割を持つ〈魔女〉ならぬ〈妖精〉、時に〈よい魔女〉と勘違いされることもあるフェアリー・ゴッドマザーが登場するが、今、存在感を増しているのは、あくまで悪女の枠組みの中にとどまる〈魔女〉である。現代の〈魔女〉を定義するならば、失われゆく若さと美貌に執着し、己の欲望に忠実で、その欲望を満たすために持てる限りの力を尽くし、男や子どものためにみずからを犠牲にすることのない利己的な大人の女――ということになるだろうか。

かつて、愛らしいプリンセスを徹底的に迫害する邪悪な〈魔女〉をあからさまな敵役に配したアニメーション映画を量産してきたディズニーが、率先して、過去の自社作品をパロディ化する形で、悪役であるはずの〈魔女〉を主役級にした作品を制作するようになった。[3] ディズニー映画のみならず、今なお、あらゆるメディアで、おとぎ話をモチーフにした作品が続々と生み出されている。もちろん、よく知られた筋書きにさまざまなアレンジを加え、知名度を存分に利用したパロディ作品としての意外性と斬新さを売り物にしていることが多いのだが、新たな〈魔女〉像に共感を覚える女性たちが増えてきた一方で、今なお、美しく清楚《せいそ》で心優しいヒロインが素敵な王子さまと結ばれる、わかりやすい「お約束」のストーリーが人々の関心を惹《ひ》きつける魅力を持っていることを認めないわけにはいかない。このたわいないストーリーは、シンプルでストレートであるからこそ、人々の意識の奥深くにまで刷りこまれている。「信じていれば夢はかなう」、「いつか白馬に乗った王子さまが迎えに来てくれる」などというメッセージが、所詮は根拠のない安直なフレーズに過ぎないのだと気づく時、女たちは傷つき、落胆し、おとぎ話に騙《だま》され、裏切られた気持ちでいっぱいになるのだ。

おとぎ話をフェミニズム的観点から解釈する動きが盛んになってきたのは、一九八〇年前後ではないだろうか。ブルーノ・ベッテルハイムの『昔話の魔力』[4]が世に出たのは一九七六年だった。臨床心理学者マドンナ・コルベンシュラーグの『眠れる森の美女にさよならのキスを』[5]の初版は一九七九年に出版されている。〈魔女〉的人物造形を前面に押し出した創作作品について見てみれば、イギリスの女性作家マリオン・ジマー・ブラッドリーは、一般には妖術を操る悪女のイメージが強いモルガン・ル・フェイ（作中ではモーゲン）をヒロインとして、アーサー王伝説を元にしたファンタジー「アヴァロンの霧」シリーズ[6]を一九八二年に刊行し始めた。華麗なダーク・ファンタジーの書き手として知られる同じイギリスのタニス・リーが「グリマー姉妹の物語」という副題をつけたおとぎ話のパロディ集『血のごとく赤く』[7]を出版したのは一九八三年だった。ここではシンデレラや白雪姫が邪悪な魔女として描かれ、悪役であるはずの魔女が主役を演じる姿が見られる。

伝説やおとぎ話の再話というストレートな形ではないが、イギリスのベストセラー作家フェイ・ウェルドンは、現代イギリスを舞台にした一九八三年出版の『魔女と呼ばれて』[8]の中で、〈魔女〉的ヒロインを真正面から描いた。本稿では、おとぎ話のモチーフを徹底的に諷刺《ふうし》したこの作品に注目し、詳しく読み解きながら、魅力的であるからこそ、負の影響力も見過ごせない、おとぎ話の功罪について論じたい。

2. 女が力を獲得する時

フェイ・ウェルドンの小説は常に読者を大胆に挑発する。男性優位の社会にあって、みずからの無力さに悩み苦しみながら、滑稽なまでに懸命に生きていく哀れな女たちの姿を描くウェルドンは、紛れもなくフェミニズム作家の旗手と言える。

だが、ウェルドン自身は、なぜ男に対してそれほど辛辣《しんらつ》になれるのかと問われ、「自分は男の姿をとがめも批判もせず、見たまま報告しているだけ[9]」と答えている。ウェルドンの手にかかれば、主役であるはずの女たちも含めて、誰もがあるがままの剝《む》き出しに描かれることになり、多かれ少なかれ体裁を取り繕って生きているわれわれ読者は、目の前に磨き抜かれた鏡を突きつけられたかのように、時にいたたまれない気分にさせられることになる。

ウェルドンの視線は常に、矛盾に満ちた社会構造の中から弾き飛ばされた弱者たちの上に注がれている。だが、その弱者たちにしても、必ずしも読者の共感を呼ぶ人物であるとは限らない。『魔女と呼ばれて』の主人公ルースは怪物的と言っていいほどのアンチ・ヒロインであり、そのあまりに型破りでグロテスクな人物像は読者の度肝を抜く。邦題にはあえて「魔女」という言葉が採用されているが、原著では、ルースは「魔女」よりも格上の存在として、シーデビル、すなわち「女悪魔」と表現される。

ヒロインの造形をこれほどまでに特異なものにする一方で、物語のあちこちにおとぎ話から借りてきたロマンチックなイメージがちりばめられている。ウェルドンが好んで昔話を下敷きにした作品を書いていることはよく知られているが[10]、「女悪魔」ルースは、健気《けなげ》なヒロインにして悪意に満ちた敵役、さらには奇跡を実現する魔法使いの役割までも一手に引き受けて、世にも奇妙な変身を遂げることになる。

専業主婦のルースは、ハンサムで羽振りのいい会計士の夫と男女二人の子どもとともに郊外の高級住宅地の一等地にある新築庭付き一戸建てに住んでいる。その地区の名はエデン・グローブ（Eden Grove）、エデンの園ならぬ、エデンの森というネーミングで地上の楽園を連想させる。女なら誰もが夢見るバラ色の結婚生活が描かれるのかと思いきや、すぐさま、読者は肩すかしを食らう。たとえどんなに素晴らしい条件が揃《そろ》っていても、それが幸福を約束してくれるとは限らない。ルースは実の母親からさえ疎まれるほど不器量で、はずみと成り行きで結婚した夫からはただの一度も愛されたことがない。そういう女に向けられる世間の目は蔑《さげす》みに満ちて冷たく、夫は愛人がいることを隠そうともしない。ルースは出口のない不幸のトンネルの中でもがき苦しんでいる。

夫の愛人であるメアリ・フィッシャーは小柄で華奢《きゃしゃ》な金髪美人、その上、売れっ子のロマンス小説作家でもある。特別な才能もなく、夫より一〇センチも高い一八五センチの長身を持て余し、牢獄にも等しい不格好な肉体の中に閉じこめられたルースの太刀《たち》打ちできる相手ではない。何ものにも縛られない、自由で自立したメアリ・フィッシャーに較《くら》べて、ただ献身的で善良であるだけのルースはあまりにも無力だ。このようにきわめてデフォルメされた形ではあるが、物語の冒頭において、ウェルドンは、メアリ（マリア）とルース（ルツ）という聖書で馴《な》染《じ》み深い名前を持つ二人の女たちに、現代社会に存在する典型的な二種類の女、すなわち、持てる者と持たざる者、奪う者と奪われる者、生まれながらの勝者と敗者をはっきりと色分けしてみせる。

だが、フェイ・ウェルドンの創り出した狂気に満ちた喜劇的パラレル・ワールドの中で、この恐ろしく不公平な力関係は、ルースの覚醒とともに魔法のように覆されてしまう。覚醒のきっかけは、夫のボッボから「女悪魔」（a she devil）と罵《ののし》られたことだった。ルースは、ならば、言われた通りの女悪魔になってやろうと決意するのだが、この衝撃的な意識革命が自発的なものでなく、社会的に自分より優れている「はず」の夫に「女悪魔」と名付けられたことをきっかけにしていることこそ、実に象徴的であると言えよう。神からこの世のすべてのものに名前を付けるよう命じられた男アダムの末裔《まつえい》であるとはいえ、名前にBばかり三つも入ったB級の男ボッボ（Bobbo）には、アダムに与えられていた権威など微塵《みじん》も感じられない。そんな凡庸な夫に「おまえは女悪魔だ」と決めつけられたから悪魔になってやるという姿勢は、「従順な妻」であることを口実とした究極の責任転嫁に他ならないが、きっかけはどうあれ、それは新しいアイデンティティーと力の獲得であった。夫と社会から蔑まれ虐げられて、不幸で惨めだったこれまでのルースは死に、束縛ばかり多かった妻・母から脱皮して生まれ変わった女悪魔は喜びに満ちて謳《うた》う。

私は復讐《ふくしゅう》を欲する。
私は力がほしい。
私はお金がほしい。
私は愛されること、そして、その代わりに愛し返さないことを欲する。(11)

一般に、社会的に健全と見なされる主婦はみずからの欲望を剝き出しにしたりはしない。自分の個人的な欲求は二の次にして、愛情ゆえに家族のために尽くすことこそ、良き妻に求められる資質なのである。だが、あえて愛情と良心を捨て、憎悪と欲望に身を任せることで、ルースは計り知れない力を手に入れる。女を弱くするのは良心と義務感、そして家族への献身。巧妙なウェルドンがわれわれ読者の前に呈示するのは、あまりにも明快な論理だ。どんなに努力しても、決してシンデレラのガラスの靴を履くことのできない肉体に生まれついた以上、清く正しく生きてさえいれば、いつか必ず白馬の王子様が迎えに来てくれるなどという夢物語は、論外の幻想に過ぎない。「醜いアヒルの子」は、ほとんどの場合、いつまで経《た》っても醜いまま、それがこの世の道理というものなのだ。ルースの達した結論は、「世の中を変えることはできないから、私自身を変えてやる」というものだった。今や冷血の女悪魔となったルースにできないことは何もない。ルースは、シンデレラのような小さな足を持ち、ラプンツェルのような金髪をなびかせて海辺の塔に住む「可憐《かれん》な姫君」メアリ・フィッシャーを破滅させ、もはや愛してもいない夫を取り戻すという遠大な計画に着手する。かくして、受身的な女性性を前面に押し出した痛快なサクセス・ストーリーが幕を開けるのである。

3. 女悪魔の戦略

「女悪魔」になったからといって、ルースがいきなり超自然の魔力を手に入れるわけではない。この作品はファンタジーの雰囲気を色濃く漂わせながら、物語の展開はあくまでリアリズムの枠内にとどまっている。シンデレラならざるルースの前には、杖《つえ》の一振りで奇跡を起こしてくれるフェアリー・ゴッドマザーが現れることもなく、ルースはすべて自力でこつこつと緻密にして周到な復讐計画を実行することになる。まず、過失を装って、エデン・グローブの夫の家を全焼させ、二人の子どもたちをメアリ・フィッシャーに押しつけて、自分は夫の前から姿を消してしまう。その後は徹底した無名性を押し通し、復讐者として名乗りを上げることもなく、夫のボッボもメアリ・フィッシャーも自分が復讐のターゲットになっていることに最後まで気づかない。ボッボとメアリ・フィッシャーの没落は、自業自得、あるいは天罰としか思えないほど自然な成り行きをたどることになる。並の復讐者であれば、相手に自分の優位性を思い知らせて満足感を得るために己の存在を誇示したくなるだろうが、女悪魔ルースは名より実を取り、闇に潜む影のごとく身を隠したまま、相手に防御の機会さえ与えない。あるいはそれは、取るに足りない存在として社会から徹底的に黙殺されてきたルースの身につけた最強の処世術であり、女悪魔としての矜持《きょうじ》ですらあるのかもしれない。

ルースは介護や看護、事務補助などのいわゆる「女性的」な仕事をしながら、着実に復讐の目的を果たしていき、やがて女性専用の職業紹介所を設立、社会的に虐げられた無名の女たちのエネルギーを利用して、巨万の富を得ることにも成功する。女たちの持つ潜在的な能力を巧みに利用しているとはいえ、それは決して搾取ではなく、女性ならではの発想で配慮の行き届いた理想的な労働環境を整えたルースは、紛れもなく、尊敬され感謝されるに値する立派な社会事業家なのである。報われない人々の悩みや苦しみを知り尽くすルースは、人々の心に巧みに囁《ささや》きかけ、意のままに操ってしまうのだが、そんな悪魔の所業がすべて人助けになり、ボッボとメアリ・フィッシャー以外の人々をことごとく幸福にするという皮肉な展開である。大きな富を得てからも、ルースは相変わらず、みずからは表舞台に出ないまま、それでも次第に社会の階層を上りつめてゆく。取るに足りない無名の家政婦として、周囲の警戒心を喚起することもなく、無防備な権力者たちの懐深くに潜りこみ、「悪魔の囁き」で洗脳し、彼らの倫理観、正義感、良心の呵責《かしゃく》を鈍化させ、その権力をみずからの目的のために操るのである。判事、神父、医者など、社会的に力のある男たちは、自分がルースに利用されているとは夢にも思わず、それでもルースの不思議な説得力と包容力にどっぷり浸《つ》かり、ある意味、高いステイタスから生じるストレスや束縛から解放され、癒《い》やされ、幸福感に包まれて、ルースに溺れきってしまう。結果的に、現世の権威というものがいかに脆《もろ》く儚《はかな》いものであるかが暴かれる。女悪魔は男たちから権力を奪うことはないが、無名の弱者に偽装したまま巧みに彼らの力を利用することで、権力の座にある男たちの愚かしい思い上がりを嘲笑し、実体のない権威の失墜を図っているのかもしれない。

権力者たる男たちの力をほしいままに利用する一方で、みずからの力を誇示することもなく、謙虚で控えめであり続けるルースは、互いの優劣に敏感な女たちを敵に回すこともない。一般に女性には、地位や学歴、財産、容貌、ファッションセンス、夫の肩書きや子どもの成績に至るまで、さまざまなレベルで互いを比較し優劣を競い合い、格付けしたがる傾向があるとされ、最近、日本のマスコミで、このような女性特有と思われる行動様式を「マウンティング」と呼ぶようになり、その巧みなネーミングが一つの流行語として巷《ちまた》の話題になった。[12] こういった現象は現代の日本に限ったことではなく、『魔女と呼ばれて』の世界にも似たような状況が確認できる。賢いルースは決して相手の優位に立とうとせず、底辺の位置から相手の優越感をくすぐることで安心させ、取りこんで味方につけながら、その実、自分がすべてを支配するという状況を作り出している。男たちを相手にしている時と同様、やはり、宣戦布告も勝利宣言もない戦い方であり、戦いそのものが成立しているのかどうかさえあやしくなってくる。つまり、女悪魔はほとんど戦わずして、次々に圧倒的な勝利を収めてゆくのである。

4. 聖女の誕生

ルースがヒロインと敵役の二役を演じるのに呼応して、ルースの憎悪の対象となるメアリ・フィッシャーにも、同様の二役が振り当てられる。最初は、善良な一主婦から夫を奪い、何の罪悪感もなく「幸せな家庭」を破壊する敵役だった彼女が、いつの間にか、女悪魔に苦しめられ、勝ち目のない戦いを懸命に戦い抜く哀れなヒロインに変質してゆくのである。メアリ・フィッシャーはルースのコンプレックスを大いに刺激する存在であった。小柄で華奢な金髪美人である彼女は、まさにおとぎ話のヒロインに似た外見を持ち、ロマンス小説の作家として、多くの（不幸な）女性たちに「夢」あるいは「嘘《うそ》」を売りつけることで富を築いた。ロマンスなど幻想に過ぎないことをいやというほど味わったルースは、夫を奪われたことにも増して、メアリ・フィッシャーが世間に嘘を撒《ま》き散らしていることが許せない。ルースの復讐は、メアリ・フィッシャーに現実の苦さを思い知らせてやることだった。自由で気儘《きまま》な恋多き女であったはずのメアリ・フィッシャーは、ルースの策略によって、ありとあらゆる束縛の中に引きずりこまれてゆく。復讐計画を実行するためにルースが用いる手段は荒唐無稽なものだが、その結果としてメアリ・フィッシャーに降りかかる災難は、きわめて自然な形で現れる。自立していたはずのメアリ・フィッシャーは愛のために一人の男に隷属し、その男の子どもたちの面倒を見なければならなくなる。ルースの巧みな画策で介護施設から追い出された年老いた実母も引き取るはめになり、余計な仕事が増えて、たまりかねたメイドたちには逃げられ、家事のすべてを自分でこなさなければならなくなる。そうした家庭のしがらみに煩わされて、ロマンス小説執筆の仕事にも行き詰まるようになる。女悪魔ルースの復讐は、女の弱みを知り尽くしているだけに、これ以上ないほどに的を射たものとなるのだが、ふと気がついてみると、これらのトラブルは、女の受難としてはごくありふれたものに過ぎない。荒唐無稽の衣を着せて、フェイ・ウェルドンがさりげなく織りこんだ辛口のメッセージがそこかしこに見え隠れする。すなわち、女を苦しめ、縛りつけ、無力にする悪魔の罠《わな》は、いくらでも転がっているのだと——。

メアリ・フィッシャーは、突然、降って湧いたそれらの束縛を拒否することもできたはずだった。事実、一九八九年にアメリカで制作された映画『シーデビル』[13]においては、メリル・ストリープ演じるところのメアリ・フィッシャーは、原作とは異なる運命をたどっている。ルースの復讐によって辛酸をなめさせられる展開までは同じだが、ある時点で、自分を苦しめる運命から逃げ出し、すべての責任を放棄してしまう。短期間の苦労体験をもとに新たな小説を書き、チープな大衆ロマンス小説家から重厚な社会派作家に転向して、むしろ、さらなるステップアップを遂げることになる。一方、原作のメアリ・フィッシャーは運命から逃げ出すことなく、雄々しくもすべての責任を背負い、名声も美貌も失い、その果てに病魔におかされ、力尽きて死んでゆく。それはルースの仕組んだ罠であったが、それ以前に、メアリ・フィッシャーは愛という名の束縛の中にみずからはまりこんでしまっていたのである。女悪魔になるにあたって、ルースが目指したことは、「愛されても愛し返さないこと」だった。それが力を維持し、支配者となるための絶対的な方法であることをルースは知っていた。愛さなければ苦しむことも裏切られることもない。すべては、かつてのメアリ・フィッシャーと自分自身の生き方から学んだことだった。

愛のために力を失い、見る影もなく落ちぶれたメアリ・フィッシャーに、ルースはかすかな哀れみを感じている。立場が変われば、ルースがメアリであったかもしれないし、メアリがルースであったかもしれない。変えられない社会の中で力を得るために、あらゆる意味での自己改造を決意したルースにとっては、もはや「絶対の自分自身」などあり得ない。あるのはただ、こうありたいと欲望する主体だけだ。ルースは名前を捨て、好ましくない「自分」を形成していた個性を捨てて、生まれながらの「自分」とは違うものになろうとする。一方のメアリ・フィッシャーは、愛に殉じ、運命の悪戯《いたずら》によって降りかかってきたみずからの義務を全うし、惨めに朽ち果てていく。だが、彼女が死んだ時、彼女を憎んでいたはずの老いた実母が、相変わらず憎まれ口をたたきながらも、娘のために哀惜の涙を流す場面がさりげなく差し挟まれている。フェイ・ウェルドンは、ルースの生き方が正しくて、メアリ・フィッシャーが間違っているなどと言っているのではない。ただ、愛すれば相応の犠牲を払わなければならないことを示しているだけだ。もちろん、女悪魔として生きるにも、それなりの代償は必要だ。愛なくして真の幸せをつかむことはできない。それを承知の上で、ルースは腹を痛めた我が子すら捨てて、愛よりも力を選んだ。どちらの選択が正しいか、答えは簡単には見つからない。フェイ・ウェルドンは、あえて常識的な倫理観の外にはみ出したヒロインを創造することで、まことしやかな社会通念に疑問を投げかけ、われわれの型にはまった認識を根底から覆すのである。

5. 自己破壊の衝動

強大な力を得た女悪魔ルースの復讐は、夫とその愛人を滅ぼすことにとどまらない。「悪魔」の最終目的は、至高の神への挑戦である。ここにおけるルースの挑戦は、神によって与えられた自分自身の規格外れの肉体を破壊し、再創造するという形を取る。ルースは、自分たちは神のもともとの着想に改良を加えるためにこの世に存在するのだと言う。神が無残にも失敗した、正義と真実と美の創造を自分が行うのだと――。ルースの言葉は不遜きわまりないが、ある意味、不思議な説得力に溢《あふ》れている。女悪魔になる前のルースは、世間の常識や夫の都合に振り回されながら、それでも律儀に社会のルールに従おうと懸命に努力していた。しかし、努力は何一つ報われなかった。だからこそ、生まれ変わったルースは、たとえ神であろうと、他人の意志には動かされまい、自分の人生は自分の意志で決定するのだと広言して憚《はばか》らない。普通の人間は誰でも、神に与えられた自分自身と何とか折り合いをつけて生きていかなければならない。しかし、みずからの力に目覚め、神に叛旗を翻した女悪魔ルースには、そんな黴《かび》の生えたような処世訓は通用しない。貪欲や虚栄は人間にとっては罪だが、悪魔には、いわば、己の欲望に忠実に生きる権利がある。それでもやはり、今やどんなことでも実現できるほどの力を獲得したルースが、せっかくのエネルギーを、いかにも次元の低い美容整形のために浪費するのは、ある意味、滑稽なことかもしれない。美と若さへの憧れは多くの人間に本能的に備わっているものであろうが、美と若さに過剰に執着するのは浅ましく無様であり、往々にして嘲笑の的になってしまう。しかしながら、前代未聞の自己改造に取り組むルースの姿は、悲壮ではあっても、なぜか少しも滑稽には見えない。それは、目標達成を目指すルースが、まるで身を挺《てい》して偉大な使命を果たそうとしているかのように、きわめて真摯《しんし》でストイックな印象を残すからである。愚かしいと言うしかない大それた欲望を満足させるために、激痛に耐え、ストイックに努力する女悪魔――ここにもまた、ウェルドン一流のブラック・ユーモアがある。

ルースは夫とメアリ・フィッシャーに対して容赦なく復讐の鉄槌《てっつい》を振るったが、新しく生まれ変わるために自分自身の肉体に加える暴力の凄《すさ》まじさは、桁《けた》外れの残虐性に満ちている。ルースにとって、変身に伴う苦痛はその先にある大きな喜びを約束するものであり、何か価値あるものを得るために代償を払うのは当然であった。非常な痛みを伴うルースの変身には、アンデルセンの「人魚姫」のイメージが重ね合わされている。だが、男性を見上げることのできる背丈になりたいがために、果ては足の骨を二〇センチ近くも切り取るという狂気の大手術に挑むルースは、むしろ、王子の花嫁になるために小さな靴を無理やり履こうとして、自分の爪先、または踵《かかと》を切り落とす、グリム版「シンデレラ」の意地悪な継姉たちに似ている。ルースが自分自身の肉体に加える破壊行為の荒々しさを見るにつけ、ルースの一番の憎悪の対象は、結局のところ、世間の美意識の基準からはみ出していた自分自身であったのかと思えてくる。ルースは長らく狭量な社会から精神的暴力を受けてきたが、女悪魔となった今も、実はその不完全な社会が女性に押しつけてきた「ヒロイン願望」から一歩も抜け出すことはなく、社会を変えることでなく、ヒロインになれない自分を破壊し変質させることを選んでしまう。その選択には、歴史的、文化的に弱者である女たちが被ってきた心の傷の深さが反映されているようにも思えるのである。

所詮、ルースは女悪魔であって、高邁《こうまい》な志を抱く英雄ではないのだが、みずからの意志で肉体を改造することによって、さらに強大な力を身につけることになる。ルースに驚異の整形手術を施す外科医たちは、自分たちはルースのピグマリオン(14)であると自称する。みずからの「被造物」であるルースに恋をしてしまうという意味においてなら、彼らがピグマリオンであるとする見方は正しい。しかし、厳密に言えば、彼らは決してルースのピグマリオンではないし、もちろん、フランケンシュタイン(15)でもあり得ない。なぜなら、ルースは彼ら男たちの手で意のままに創り上げられた人形ではないからだ。医師たちはむしろ、ルースの意志によって操られ、その指示に従って、与えられた役割を果たしているに過ぎない。尊敬され、感謝され、愛されることに慣れた腕利きの外科医たちは、競ってルースに恋をするが、ルースは誰にも愛を返さない。愛さないことによって、ますます男たちから焦がれられることになり、力を増していくのである。

6．女悪魔は勝利したのか？

『魔女と呼ばれて』は、最後に、この上なく奇妙な「ハッピーエンド」を迎える。今やルースは、死んだメアリ・フィッシャーそっくりの整形美女になっている。無謀な大手術を受けた足の痛みからは生涯、解放されることはないだろうが、望み通り、男を見上げられる身長も手に入れた。自分を裏切り軽んじ抑圧していた夫を罰して、力と財産を奪い尽くした挙げ句、無実の罪で服役までさせた後、圧倒的に優位な立場から、廃人寸前の夫を引き取り、ペットのように養っている。かつてメアリ・フィッシャーが暮らしていた海辺の塔の家を手に入れ、大金をかけて改修し、メアリ・フィッシャーの使用人だった美男のガルシアをわざわざ故郷のスペインから呼び寄せて雇い、メアリ・フィッシャーがしていた通りの優雅な生活を満喫している。メアリ・フィッシャーに対するこの執着ぶりは何だろう？　どう見ても、そこにいるのはメアリ・フィッシャーであって、ルースではない。原形をとどめぬほどに自分の肉体を切り刻み、この世から抹殺することで、ルースは一種の自殺を図ってしまったかのように見える。あるいは、聖母マリアの名を持ち、最後は聖女として死んでいったメアリ・フィッシャーの似姿を自分の肉体を使って再現することで、悪魔流の「復活」劇を自作自演してみせているのだろうか？

判事や神父や医師など、神の力の一部を託されているかのような男たち、いわば、神の代理人を気取った世俗の権力者たちは、女悪魔にまるで歯が立たず、意のままに操られ、情けないほど呆気《あっけ》なく陥落してしまった。つまり、地上の男など、たとえどんな権力者であろうと、女悪魔の敵ではないということだ。しかし、女悪魔がいかに挑発したところで、本当に復讐したかった神はついに姿を見せることはない。すべては女悪魔の独り相撲であって、ルースは神に相手にもされていないのである。そもそも、ルースは最初からそんな展開を期待してなどいなかったのだろう。自分は神に殺されることはない、なぜなら、神は戦う相手として悪魔を必要としているからだとルースは言う。悪魔の存在さえ神の計算のうちであり、ルースの言葉を受け入れるなら、神と悪魔は一種の「馴《な》れ合い」とも言うべき共謀関係にあることになる。神が悪魔を必要としているとすれば、悪魔もまた、自己存在を維持するために神を必要としているはずだ。神を憎悪することで、常に神を求め意識してきた女悪魔ルースは、誰も愛さないつもりで、実は神に片思いし続けていたのかもしれない。その思いは永遠に通じることはなく、欲望のすべてを満たし、贅《ぜい》をきわめた生活を手に入れた後も、ルースの人生にはぬぐいがたい空しさが漂う。

神には勝つことができないどころか、相手にさえしてもらえないがゆえに、女悪魔は世俗的な成功のみで満足するより仕方ない。「世の中は変えられないから、自分自身を変えてやる」と決意して復讐を始めたルースだが、そもそも、世の中は変えられないと頭から決めつけてしまった時点で、悪しき社会通念の犠牲者であると同時に、自分を苦しめてきた社会通念の作り手の一人として、加害者になってしまったとも言える。もちろん、ルースはすべてを承知した上で恐るべき自己破壊に着手した確信犯であった。社会的弱者である個人が手っ取り早く勝者になるためには、姑息《こそく》とも言うべき非常手段に訴えるしかないことを身をもって証明したのである。この無謀で哀れな女悪魔をわれわれは肯定することも否定することもできない。ルースと同じ空しさと自己矛盾を抱えながら、われわれは現代社会を生き続けるのだ。

大人の女は従来、夫や子どものために尽くすことで社会に貢献してきた。結婚しない女、子どもを産まない女は、二十一世紀の今も、多かれ少なかれ、肩身の狭い思いをさせられることになる。世間からの冷ややかな視線をはねのけ、みずからの欲望充足のために邁進する覚悟を決めた利己的な〈魔女〉たちは、世間の非難を逆手にとって、一般社会から期待されている女の役割を放棄することによって、最も有効な武器を手にすることができる。だが、そうすることで戦う相手に大きな打撃を与えることができたとしても、それで〈魔女〉たち自身が幸せになれるわけではなく、見せかけの勝利は痛々しい自己破壊を伴うものになってしまう。

現代のおとぎ話が語ろうとするものは、ほとんどの場合、たわいない夢物語の終焉《しゅうえん》である。若く美しいプリンセスたちも、時が経てば否応なく、かつて自分を虐げていた〈魔女〉たちと同じフィールドに立たされることになるという厳しい現実。われわれは、薄々そのことに気づいていながら、まるで呪いにかけられた眠れる美女のごとく、いつか理想の王子様が救いに来てくれるというまやかしの夢に、少しでも長く浸《ひた》っていたいと願ってしまう。呪いを解いてくれるのは王子様などではない。他者に頼ることをやめ、本物の力を身につけ、自分の足で歩き始める時、〈魔女〉たちは真の覚醒を手にすることができるのかもしれない。

Column

ヴァンパイア――招かれる魔物たち

今やヴァンパイアは多くの場合、憎むべき敵役であることをやめ、ダーク・ファンタジーやロマンスのヒーローとしての地位を獲得するまでになっている。vampire という単語が初めて記録されたのは一七二五年、セルビアに駐屯していた軍医フロムバルトの報告書であると言われているが、[1] ブラム・ストーカーが『吸血鬼ドラキュラ』[2]（一八九七年）を世に出して以来、おぞましくもスタイリッシュなドラキュラ伯爵が吸血鬼の典型的な造形として定着し、後続の作家たちは程度の差はあれ、ことごとく、この伯爵を祖とするヴァンパイアを描いてきた。

　ブラム・ストーカーにしても、シェリダン・レ・ファニュによる先行作品『吸血鬼カーミラ』[3]（一八七二年）から吸血鬼の特徴を踏襲しているのだが、ストーカーはみずからの生み出したヴァンパイア・ハンターのヴァン・ヘルシング教授に吸血鬼の特徴を詳細に語らせている。[4] 人の生き血を吸う、不老である、影がなく鏡に映らない、蝙蝠《こうもり》に変身する、太陽の光に弱い、十字架とニンニクを嫌う等、現代ではもはや、「常識」となった吸血鬼の特徴がずらりと並んでいる。霧になることもでき、どんな隙間でも通り抜けることができるが、それでも、どこでも好きなところに行けるわけではない。ヘルシング教授によれば、「初めてどこかの家へはいる時には、その家の誰かがはいれといわなければ、ぜったいにはいれない。そのあとは、いつでも好きな時にはいれる」というのである。つまり、吸血鬼は初めての家に入る時、その家の住人に招かれなければならないというルールがあるのだ。

　ピーター・パンや赤児《あかご》を盗む妖精たちが、親の不在を狙って勝手に子ども部屋に侵入してしまうの[5]に較《くら》べて、招かれなければ侵入してこないヴァンパイアは、意外なほどに紳士的である。このルールがある限り、ヴァンパイアの餌食になるかどうかは、人の側の選択ということになる。魔物に魅入られ、みずから魔物を呼びこんだ者が被害者になるからである。（夜道でたまたま襲われる危険性は否めないが…）このような設定のもとでは、相手に心を開かせる必要のあるヴァンパイアが魅力的であることは、ほとんど必然とも言えるだろう。

美しい吸血鬼の最高峰といえば、日本では、萩尾望都の漫画『ポーの一族』(6)（一九七二―一九七六年）が思い浮かぶ。ここでは、ヴァンパイアではなくバンパネラと称される不老の少年エドガーとアランが登場する。少女漫画の古典とも言うべき名作であるが、二〇一六年に四十年ぶりに新作が発表されたことで話題を呼んだ。『ポーの一族』と同じ頃に発表されたアン・ライスの小説『夜明けのヴァンパイア』(7)（一九七六年）を映像化したアメリカ映画『インタビュー・ウィズ・ヴァンパイア』(8)（一九九四年）では、美男俳優トム・クルーズとブラッド・ピットが華麗な吸血鬼レスタトとルイを演じた。

耽美《たんび》主義的で共通点の多い『ポーの一族』と『夜明けのヴァンパイア』には、吸血鬼は「招かれなければはいれない」というブラム・ストーカーのルールが適用されているわけではない。エドガーがアランを、レスタトがルイを吸血鬼の仲間に引き入れようとする時、人間であるアランとルイの絶望的に孤独な状況が魔物を呼びこんだように見えるだけだ。

ブラム・ストーカーのルールを意識的に採用し、物語の核にまでしている作品に、小野不由美の『屍鬼《しき》』(9)（一九九八年）がある。ヨーロッパ伝来の吸血鬼を日本の風土に巧みに取り入れた重厚なゴシック小説の風格を漂わすこの大作には、土葬の墓から死者が蘇《よみがえ》る〈起き上がり〉の現象が小さな村に疫病のように蔓延《まんえん》していく様がリアリティー溢《あふ》れる筆致で描かれている。

屍鬼たちの頂点に立つのは美少女の沙子《すなこ》だが、この作品においては、美しい吸血鬼に魅入られた者が吸血鬼を招き入れてしまうわけではない。初めてどこかの家に入る時、その家の住人に招かれなければならないというルールは、主に家族間に適用されるのである。死んで葬られた後に屍鬼になった者はまず、それまでの家族としての資格をなくし、完全な部外者となる。だから、もう一度、かつての自分の家に足を踏み入れるためには家族の誰かに招き入れてもらわなくてはならないと説明されている。[10]

　ここで、われわれ読者に一つの問いが突きつけられる。もしも死んだはずの家族が何事もなかったように戻ってきて、玄関のチャイムを鳴らしたとしたら、われわれはいったい、どのように対応するだろう。開けてしまえば破滅が待っていることに気づいていながら、それでもドアを開けずにはいられないのか、それとも、あくまで理性的に拒絶することができるのか？　屍鬼となり果てた家族が自分にとってどんな存在であったかによって、判断が分かれることになるだろう。家族を襲う魔物の側にも逡巡《しゅんじゅん》や葛藤がある。究極の選択を迫られる時、人は意識していなかった自分の本心を思い知らされることになる。

　ヴァンパイアは、人の心の中に潜む不老不死への欲望と恐れを象徴する存在である。魔物は常に、人が心の扉を開く瞬間を闇の底から窺《うかが》っている。

注

（1）Erik Butler, *The Rise of the Vampire* (Reaktion Books, 2013)
日本語訳　エリック・バトラー『よみがえるヴァンパイア』松田和也訳（青土社、二〇一六年）、一一頁参照。

（2）Bram Stoker, *Doracula* (Archibald Constable and Company, 1897)
日本語訳　ブラム・ストーカー『吸血鬼ドラキュラ』平井呈一訳、創元推理文庫（東京創元社、一九六三年）

（3）Joseph Sheridan Le Fanu, "Carmilla" in *In a Glass Darkly* (Richard Bentley & Son, 1872)
日本語訳　シェリダン・レ・ファニュ「吸血鬼カーミラ」『吸血鬼カーミラ』平井呈一訳、世界恐怖小説全集〈第1〉（東京創元社、一九五八年）；創元推理文庫（東京創元社、一九七〇年）

（4）『吸血鬼ドラキュラ』創元推理文庫、三五四―三五七頁。

（5）本書「魔法にかけられた子どもたち」の章、二二七―二二八頁を参照。

（6）萩尾望都『ポーの一族』一―五巻（小学館、一九七二―一九七六年）

（7）Anne Rice, *Interview with the Vampire* (Knopf, 1976)
日本語訳　アン・ライス『夜明けのヴァンパイア』田村隆一訳、

Hayakawa novels（早川書房、一九八一年）：ハヤカワ文庫（早川書房、一九八七年）

（8）映画『インタビュー・ウィズ・ヴァンパイア（*Interview with the Vampire*）』アン・ライス原作・脚本（ニール・ジョーダン監督、一九九四年）

（9）小野不由美『屍鬼』上・下巻（新潮社、一九九八年）

（10）『屍鬼』下巻、四〇一—四〇三頁。

魔法の食卓

――児童文学に見る〈食〉と魔法の関係

人は誰でも、生きるために食べなければならない。だが、毎日の食を大切にし、食べるという行為そのものに価値を見出す人もいれば、単なる生存のための手段に過ぎないものと考え、軽視する人もいる。

食品会社による賞味期限改竄《かいざん》、産地偽装、杜撰《ずさん》な衛生管理、毒物混入など、食の安全を脅かすさまざまな事件が頻発する中、食育への関心は急速な高まりを見せている。二〇〇五年に健全な食生活を重視した「食育基本法」が成立してから十年以上が過ぎ、今や時代は、ファースト・フード志向からスロー・フード回帰へ方向転換したと言っていいかもしれない。それでも、われわれの生活の中には手軽で便利な食品が溢《あふ》れかえっている。豊かで充実したスロー・フードへの憧れはあっても、多忙で欲張りな現代人には、毎日の食にゆっくり時間と手間をかけるゆとりはほとんどない。

二〇一三年十二月、日本が誇る〈和食〉はユネスコ無形文化遺産に登録された。素材を生かしたヘルシーな日本食が世界の注目を浴びる一方で、ファッション雑誌等のマスメディアによって造られ、広められた〈セレブ〉という虚飾に満ちたイメージも定着し、一般大衆は、きらびやかな衣装に身を包んだ世界の〈セレブ〉たちが、毎夜、どれほどゴージャスな饗宴《きょうえん》にうち興じているのだろうかと、あれこれ想像を逞《たくま》しくする。ダイエットに励み、〈メタボ〉対策に頭を悩ませる矛盾を抱えながら、誰しも一度は夢見たことがあるのではないだろうか。もしも魔法が使えたら、杖《つえ》をほんの一振りするだけで、素晴らしいご馳走《ちそう》の並んだ食卓を用意することができるのに……と。

それでは、奇跡のような魔法を使うことが可能な存在、人々の夢の産物とも言うべき物語に登場する魔女や魔法使いたちは、いったい、どんな魅力的な〈食〉を享受しているのか。果たして、彼らの食卓には、どれほど豊かなご馳走が並んでいるのだろうか。物語——特にファンタジー系の児童文学に描かれる「魔法の食べ物」に注目し、魔法が〈食〉とどのように関わっているかを読み解くことで、人の営みにとって必要不可欠な〈食〉の意味についてあらためて考えてみたい。

1.「魔法の食べ物」とは何か?

魔法の食べ物といえば、大きく分けて、二つのイメージが思い浮かぶ。第一に、食べ物自体に何らかの魔法の力が秘められているもの、第二に、魔法の力で用意された食べ物である。

まず、第一の「食べ物自体に魔法の力が秘められているもの」では、それを食することで、人に不思議な効果がもたらされることになる。たとえば、不老不死の効能がある神酒ネクタル(nectar)、神肴《しんこう》アンブロシア(ambrosia)などの神話に登場する架空の食べ物や、『不思議の国のアリス』[1](一八六五年)の〈私を飲んで〉

ドリンク、〈私を食べて〉ケーキのように、食べたとたんに身体が大きくなったり小さくなったりする荒唐無稽な食べ物があるかと思えば、ハーブや薬草を材料として作られた、現実の世界にも存在しそうなもの、あるいは、存在したとしても、あまり違和感のない食べ物もある。魔女や魔法使いの使う魔法が、超自然の力というより、むしろ、先人たちから受け継がれた知恵と知識の象徴であると考えれば、物語の中で描かれる魔法が現実世界の医学や薬学と酷似しているのは当然であろう。

第二の「魔法の力で用意された食べ物」は、通常なら、それなりの時間と手間、テクニックが必要なはずの料理が、一瞬にして目の前に現れるというものである。その魔法が、どのような仕組みによって可能になるのかについては、作品中で説明される場合と説明されない場合があるが、およそ、三つのパターンが予想される。

①まったく何もないところから、忽然《こつぜん》と食べ物を生み出す。
②空間移動によって、どこかに存在していた食べ物をその場に持ってくる。
③目くらましによって、本当は存在しないものを食べているかのように錯覚させる。

それぞれの物語に登場する魔法の食べ物がどのパターンに属するかは、そのまま、作品に描かれる魔法の本質に深く関わってくると言えるのである。

第二の魔法の食べ物が、料理のプロセスの省略、すなわち、食に関わる手間と時間を軽減することを目的とするならば、熱湯を注いで三分で出来上がるカップラーメンや、レンジでチンの冷凍食品は、科学で実現した魔法の食べ物とも言えるかもしれない。ただし、省略されたかに見えるプロセスは、われわれの見ていないところで、機械、または別人の手で行われているだけであることは言うまでもない。それが現代の魔法、すなわち、科学のからくりであるが、物語の中の魔法にも、実は同じようなからくりが使われている可能性があることは後で述べたい。

魔法の力を秘めた食べ物にせよ、魔法の力で用意された食べ物にせよ、すべての魔法の食べ物が現実からかけ離れたものばかりとは限らない。ファンタジーという夢の世界の食べ物であるとしても、ある一定の法則に従って存在してこそ、現実味を帯びるのである。

2. 甘い誘惑

A. お菓子の魅力

魔法によって一瞬のうちに素晴らしいご馳走が食卓に並ぶというイメージの一方で、魔女が森で草を摘み、妖《あや》しげな材料で料理をするというイメージもまた一般的である。伝統的に、家庭の料理が「女の仕事」として位置づけられている以上、『マクベス』(2)に登場する三人の魔女に代表されるように、魔女たちはぐつぐつ煮えたぎる大鍋をかき回し、得体の知れないものを作るのである。

魔女たちは、大人の男を誘惑する時は性的魅力を使うが、子どもを誘惑する時は甘いお菓子を使う。「ヘンゼルとグレーテル」(3)のお菓子の家は、まさに子どもにとって夢の食べ物である。飢えに苦しむヘンゼルとグレーテルでなくとも、お菓子の家の前を平然と素通りできる子どもなどいるまい。

ずっと近よってみると、家はパンで造られ、屋根は菓子でふいてありました。窓は、すきとおった砂糖でできているのでした。(4)

魔女はこのお菓子の家をどのように建てたのだろうか。「あのパンの家も、ただ、子どもたちをおびきよせるためにたてたのです」とあるが、家を建てたプロセスについては記述がない。魔女の家に立派なパン焼き竈《かまど》があるところを見ると、材料であるパンやお菓子は、魔女がみずから焼き上げたのかもしれない。ただ、そのパンとお菓子を材料にして、目の悪い魔女が手作業でお菓子の家を組み立てていったのかどうかは疑わしい。何らかの魔法がなければ、実際に人が住めるだけの耐久性があり、しかもおいしく食べることのできるお菓子の家をたった一人で作り上げるのは、まず不可能であろう。子どもを誘惑する目的を持ったお菓子の家はきわめて魅力的であると同時に、その成り立ちは曖昧で、どこか胡散《うさん》くさい雰囲気が漂う。

一方で、この魔女は、みずからの食欲を満たすためには、お菓子の家で新鮮な食材（＝子ども）をおびき寄せ、最高のご馳走に仕上げようと、まず、その食材を養い、太らせてから、竈でじっくり焼き上げる手間をかけることを厭《いと》わない。そこには、安易な魔法による手抜きやごまかしは一切見当たらない。たとえお菓子の家を作るだけの魔法の力を持っているとしても、みずからの食を確保するためには魔法は使用しないのである。

お菓子で子どもを誘惑する魔女として思い浮かぶもう一人の例は、「ナルニア国物語」第一巻『ライオンと魔女』(5)（一九五〇年）の白い魔女である。白い魔女は、エドマンドの望みに応じて、どこからともなく、甘いゼリーのお菓子ターキッシュ・ディライト（Turkish delight＝トルコの歓《よろこ》び。トルコ名はロクム）を出現させる。白い魔女は、この異世界のお菓子、しかも「トルコの歓び」というエキゾチックで艶《なま》めかしい名を持つ食べ物をどのような魔法を使って呼び出したのだろうか。確かに白い魔女は『ライオンと魔女』以前の時代を扱った『魔術師のおい』[6]（一九五五年）において、ロンドンに足を踏み入れたことがあるのだが、それにしても、ほんの数時間、ロンドンに滞在しただけで、異世界からの訪問者である魔女がトルコという国が存在するという知識を得たとも思えず、ましてや、ターキッシュ・ディライトというお菓子が（イギリスでは比較的、ポピュラーなお菓子であったとしても）どのような食べ物であるかを知っているはずもない。だとすれば、エドマンドの発した言葉のみを手がかりにして、何もないところからターキッシュ・ディライトを出現させることができるのか大いに疑問である。ナルニアから見て異世界であるわれわれの世界に存在するターキッシュ・ディライトを空間移動で呼び寄せたと考えるほうがまだしも納得がいくが、おそらく、最も可能性が高いのは、エドマンドの心に魔法をかけて、好物のターキッシュ・ディライトを食べているかのような錯覚を起こさせたということではないだろうか。そう考えれば、エドマンドを誘惑した魔女のお菓子は、結局、実体のない幻に過ぎないのである。

ニュージーランドの児童文学作家、マーガレット・マーヒーの短編「魔法使いのチョコレート・ケーキ」[7]（一九七二年）には、魔法の腕はいまひとつだが、料理の腕には自信のある男の魔法使いが登場する。彼は得意のチョコレート・ケーキで町じゅうの子どもたちをお茶に招待しようとするが、何か悪い企みがあるに違いないと誤解され、子どもたちは誰一人招待に応じることはない。何年も寂しい思いをした後、ついに子どもたち（＝最初に招待状をもらった子どもたちの子孫）が魔法使いのチョコレート・ケーキを食べに来てくれるのだが、その時にふるまわれる彼のケーキはあくまで手作りのものである。子どもを誘惑するために、瞬《また》くうちに空中から取り出される魔女のターキッシュ・ディライトはただの幻でよかったとしても、子どもたちと友達になるために用意される魔法使いのチョコレート・ケーキは、心を込めて作られた本物でなければならないのである。

これらの例から見えてくるのは、きわめて大雑把な分類ではあるが、料理の過程が見えないものは実体のないネガティブな〈食〉であり、料理の過程が見えるものは実体のあるポジティブな〈食〉であるということだ。特に、魔法という「安易」な方法で目くらまし的に用意された食べ物は偽りのものであるという印象が強い。人の血となり肉となるポジティブな〈食〉には、材料を選び、料理するプロセスが必要だということが暗示されているように思われる。現代においても、料理の手間を省くのは横着なイメージであり、そこから生じる否定的なニュアンスは、家族の健康を守る義務を負うべきものと見なされる家庭の〈主婦〉が、出来合いの総菜やインスタント食品ばかりを食卓に並べる時の後ろめたさを説明するものであろう。

B. りんごの二面性

甘いお菓子と同様、赤く瑞々《みずみず》しいりんごにも、人の心を惑わせる独特の魔力が秘められているらしい。白雪姫の継母《ままはは》は、美しい白雪姫をこの世から抹殺するために毒りんごを作った。

それからお妃《きさき》は、だれもくることのない、とてもひっそりした部屋にとじこもると、そこで毒のあるりんごをこしらえました。見たところ、それはとてもきれいでした。赤い頬をして白かったので、見さえすればだれでもほしくなるほどでした。けれどもこのりんごをほんの一きれでも口にしたものはきっと死ぬのでした。(8)

この毒りんごは、最初から魔法の食べ物であったというわけではなく、魔術を心得ている邪《よこしま》なお妃が、一室にこもって毒を仕込んだものである。世界初の長編アニメーション映画として知られる一九三七年のディズニー版『白雪姫』(9)でも、このシーンは省略されることなく描かれている。なぜか、わざわざ(必要もないのに)醜い老婆に変身した上で、りんごを毒液に浸《ひた》す姿が示されているのは、典型的な外見の邪悪な魔女が煮えたぎる毒薬の大鍋をかき回す視覚的イメージを観客に印象づけるために他ならない。(10)白雪姫の毒りんごといえば、ネガティブなイメージを持つ食べ物の最たるものであるが、憎いライバルを殺すという目的のために、お妃は手間暇かけて、必殺の毒りんごを作り上げるのである。殺人という実効を持たせるためには、それだけのプロセスが必要になるということである。

もともと、りんごには永遠の命、永遠の若さを象徴するポジティブなイメージがある。北欧神話にも、若返りの効果があるイドゥンのりんごが出てくる。元来はポジティブな食べ物でも、食べ方を間違えると、ネガティブな食べ物になり得るのである。「創世記」のアダムとイヴは禁断のりんご(木の実)を食べて、エデンを追放され、死すべき身となった。ナルニアの白い魔女は、『ライオンと魔女』においては、ターキッシュ・ディライトでエドマンドを誘惑したが、『魔術師のおい』では、銀色のりんごでディゴリー少年を誘惑する。ディゴリーは何とか魔女の誘惑を退けることができたが、魔女自身は魔法のりんごを食べて、望み通りの永遠の命を手に入れる。銀色のりんごはナルニアを守る楯《たて》となり、このりんごが生い茂っている間は、魔女はナルニアに近づくことができないとアスランは言う。魔女はみずから、りんごを食べてしまったが、「だからこそ、残ったリンゴはすべて、あの者にとって恐ろしいものになってしまったのだよ。時と方法をあやまってあの木の実をもぎとって食べた者は、みな同じ目に合う。木の実はよいものだのに、そのさきいつまでもいみきらうようになるのだよ」(11)。りんごには同じ魔法の力が備わっているが、誰がどう食べるかで異なった結果が現れる。同じ食べ物が、食べ方によって毒にも薬にもなるということである。この場合の「悪い食べ方」は、みずからの欲望のままに貪《むさぼ》るということになる。

魔法の食べ物ならずとも、一般に食事というものは、「誰とどう食べるか」で味から意味合いまで大きく異なってゆくことは、よく知られている。そのように考えると、魔法は食べ物の中というより、むしろ人の心の中にあり、物語世界のみならず、現実世界でも十分に効力を持つものと言えるかもしれない。

3. 幻のご馳走

何もない空間から忽然と現れた魔法のご馳走が単なる幻や見せかけでなく本物であるという例は、物語の中でも意外に少ないように思われる。たとえば、ボーモン夫人の『美女と野獣』(12)（一七五八年）では、野獣の城には召使いのいる気配はないのに、美しいベルのために、いつの間にかご馳走の並んだテーブルが用意されている。ベルは毎日、ひとりでこの料理を食べ、野獣はそれをかたわらで眺めているだけだ。呪いをかけられた野獣が何を食べているのかは語られていない。里帰りしたベルが野獣との約束を破って滞在を長引かせ、ようやく戻ってきた時、野獣は死にかけている。ベルを失った哀《かな》しみのあまり、何も食べないで死のうと決意したのだ。つまり、それまでは何かを食べていたはずなのだが、ベルの前で食事をしないのは、ベルとは違う食べ物、いわゆる「野獣」の本能に従った物を食べていた可能性も考えられる。ベルは最初、自分は野獣に食べられてしまうのだと思っていたし、ベルの嫉妬深い姉たちは妹にわざと約束を破らせて、腹を立てた野獣に食べられてしまえばいいと考える。悪い妖精の呪いで野獣に変身させられた王子がどうして魔法を使えるのか、ベルのための料理を用意したのが野獣自身の魔法なのかどうかもはっきりしないが、少なくとも、野獣が自分自身の〈食〉を魔法で確保している様子は描かれていない。

それでは、物語の中の魔法使いたちは、自分自身の日用の糧をどのように調達しているのだろうか。アーシュラ・K・ル＝グウィンの「ゲド戦記」シリーズとJ・K・ローリングの「ハリー・ポッター」シリーズは、顔に傷を持つ魔法使いが主人公であること、魔法使いの学校が描かれていることなど、いくつかの共通点もあるが、本質的な魔法の在り方については、実に対照的である。「ゲド戦記」においては、正規の訓練を受けた魔法使いたちは、魔法は本当に必要な時以外には決して使用してはならないというきわめて厳格なルールに縛られているが、一方の「ハリー・ポッター」では、まさに何でもありの夢の遊園地のごとく、多種多様な魔法が無節操に氾濫している。〈食〉の描かれ方に関しても、二つの作品には大きな違いが見られる。

A. 言葉は食べられるか？

まず、「ゲド戦記」の場合、男子のみが入学を許されるローク学院で魔法を修めた魔法使いたちは、魔法を使う姿勢だけでなく、すべてにおいて禁欲的である。第四巻の『帰還』では、彼らが性欲を断つことで魔法の力を手に入れていたことが明らかになるくだりもある。もちろん、食欲が重視されるわけもなく、彼らの食生活は質素きわまりない。素晴らしいご馳走の並んだ魔法の食卓など、決して描かれることはない。シリーズ第一巻の『影との戦い』において、ゲドと親友エスタリオルの妹であるノコギリソウの間に次のような会話が交わされている。

「……だけど、それにしても、わたしにはどうしてもわからないわ。あなたも、うちの兄も、どちらもすごい力を持った魔法使いなんでしょう。それならちょっと手を動かして、呪文を唱えれば、何だってできるはずなのに、どうしておなかをすかせたりするの？　舟に乗ってて、食事の時間がきたら、『ミート・パイよ、出ろ！』って言えばいいでしょ？　そしたら、パイが出てくるんだから、それを食べればいいじゃないの。」

「そりゃ、そうしようと思えばできないことはないさ。だけど、わたしたちは、自分たちのことばを食べることはしたくないんだ。『ミート・パイよ、出ろ！』って言ったって、それはつまるところ、ことばでしかないだろ？　そりゃ、香りだって、味だってつけられるし、それを食べれば腹いっぱいにもなる。だけど、それはやっぱり、所詮ことばなんだ。満腹感だけは味わえても、腹のすいた人間が、それで本当に元気になるということはないんだよ。(13)」

強い力を持つ魔法使いなのに、なぜ魔法で食べ物を出そうとしないのかというノコギリソウの質問は、読者の誰もが抱く素朴な疑問を代弁するものであろう。もちろん、やろうと思えばできるが、やりたくないのだとゲドは答える。魔法をみだりに使ってはならないという掟《おきて》のせいばかりではない。魔法のミート・パイは人に満腹感を与えることができても、決して本当の滋養にはならないというのである。つまり、この作品における魔法の食べ物は、人に本物を食べているかのように錯覚させるだけの幻に過ぎないということになる。呪文を唱えることで取り出された魔法の食べ物など、「所詮ことばに過ぎない（only a word）」とゲドは言う。言葉による魔法がすべてとも言うべきアースシーの世界の中で、そもそも、ル＝グウィン自身が、何より言葉の力によって華麗な空想世界を創り上げる物語作家でありながら、その言葉を卑下するような台詞《せりふ》をゲドに言わせているところには、いささか矛盾が感じられなくもない。だが、逆に考えれば、石ころを本物のダイヤモンドに変えられる魔法の力をもってしても、本物の食べ物を空中から取り出すことはできない、つまり、人々の日々の糧となるべきものは、それほど複雑で重層的なものなのだということを示唆していることになりはしないだろうか。太陽と大地の恵みとしての収穫物、それを育てた人々の働き、さらにそれを料理し食卓に並べるまでの手間と心遣い、そのすべてに感謝する気持ちと切り離された〈食〉がいかに意味のないものであるか、われわれは考えさせられるのである。

B．誰が料理を作るのか？

「ゲド戦記」シリーズとは対照的に、「ハリー・ポッター」シリーズに描かれる〈食〉のイメージは、きわめて享楽的、祝祭的であると言える。ハリー・ポッターが初めて魔法界に向かうために乗りこんだ列車の車内販売に登場する愉快で不思議なスナック菓子の数々は、腹ぺこのハリー・ポッターの胃袋のみならず、読者である子どもたちのハートもわしづかみにする。「ヘンゼルとグレーテル」のお菓子の家と同様に、夢のようなお菓子が溢れかえるホグズミード村の〈ハニーデュークス〉に行ってみたいと思わない子どもは、まずいないだろう。ただし、これらの魔法のお菓子は、〈バーティー・ボッツの百味ビーンズ〉のようにメーカー名らしきものが冠されているものさえあって、いかにも現代風であり、その製造工程は明らかにされていないが、どこかに製造工場があって、おそらく、オートメーションに酷似した魔法の生産ラインによって大量生産されている可能性が高く、商業主義的なにおいがぷんぷんしている。そのため、ある意味、魔法の食べ物としての神秘性は稀薄であると言えるだろう。実際、百味ビーンズや蛙《かえる》チョコレートは、現実世界でも売り出されている。

一方、格式と伝統を誇るホグワーツの食卓には、昔ながらのイギリス料理のご馳走が並んでいる。お皿の上に次々と現れるご馳走にハリーは圧倒される。食堂に集まった全員がお腹いっぱいになると、食べ物は消え去り、お皿はぴかぴかになる。面倒な料理も皿洗いもなし。しかも、正真正銘、人を満腹させ、元気にするご馳走なのである。これこそまさに、人々が夢に見る魔法の食卓――。

ところが、第四巻『ハリー・ポッターと炎のゴブレット』[14]（二〇〇〇年）において、ホグワーツの食卓に並ぶ料理の作り手が誰であったかが、突如として明らかになる。ご馳走の数々は何もない空間から現れたのではなく、実は、百人にも及ぶ屋敷しもべ妖精たちが、地下にある厨房で、きちんと素材から作り上げていたのである。著者J・K・ローリングが最初から、ホグワーツのご馳走を「誰かの作った」料理と想定していたのかどうかは定かではないが、子どもたちの血となり肉となる料理が、どこからともなく現れた幻の食べ物でなく、誰かが手作りしたものとしていることには大きな意味があるのではないだろうか。ここでもまた、手軽で便利な魔法ではお腹は膨れない、ということが暗示される。

屋敷しもべ妖精は、衣服を与えられると、仕えている主人から解放されるという特徴から、伝承の妖精ブラウニーの要素が色濃いが、同時に、契約によって魔法使いの僕《しもべ》となる使い魔（familiar spirit）の役割も併せ持つ。魔法ファンタジーにおいては、魔法使いたちが、こうした使い魔や修行中の弟子たちに身の回りの世話をさせる姿がしばしば見受けられる。モダン・ファンタジーの旗手ダイアナ・ウィン・ジョーンズの『魔法使いハウルと火の悪魔[15]』（一九八六年）でも、魔女の呪いで老婆になってしまったソフィーが、プレイボーイの魔法使いハウルの家に押しかけ、家政婦として掃除やら料理やらを取り仕切る。料理の火力は、契約によってハウルの使い魔となった火の悪魔カルシファーだが、料理するのはソフィーである。同じダイアナ・ウィン・ジョーンズの「大魔法使いクレストマンシー」シリーズ第一巻『魔女と暮らせば[16]』（一九七七年）においても、クレストマンシー城にはメイドもいれば料理人もいて、優雅な中産階級風の暮らしが営まれている。登場人物の大半が魔法使いであるこの物語でも、魔法によって料理がたちどころに現れる場面が描かれることはない。

使い魔や弟子たちの手を借りるのでなく、魔法使い本人が自分自身の魔法によって料理を用意するユニークな例を挙げてみたい。ピアズ・アンソニイによるユーモア・ファンタジー「魔法の国ザンス」シリーズの第一巻『カメレオンの呪文[17]』（一九七七年）では、「めくらまし」の術に長《た》けた魔女アイリスが、主人公の青年ビンクに、好きなものを何でもご馳走すると言う。その料理は「本物」なのかとビンクが尋ねると、アイリスはしぶしぶ答える。

「どうしても知りたいなら、言うわ。煮たお米よ。百ポンド入りの袋があるの。わたくしが飼っているめくらましのネコの正体を、ネズミが見破って、袋をかじらないうちに、お米を使いきってしまわなくてはならないの。もちろん、わたくしはネズミのフンを、キャビアの味に変えることができるけど、どちらかといえば、したくないのよ。だけどあなたは、なんでも好きなものが食べられるわ。なんでも」[18]

ビンクは、実は煮た米であるが、極上の味のドラゴン・ステーキを堪能し、おそらく水であろう、一日じゅう飲んでも決して酔うことのないというコクのあるワインを楽しみ、デザートには、手作りのチョコレート・チップ・クッキーを食する。ビンクは、「魔女アイリスは、めくらましとはいえ、料理や菓子作りについては、あきらかになにかを心得ている」と考える。つまり、実際に料理の心得がなければ、たとえ魔法の力を借りたとしても、おいしい料理を現出させられるわけがないということで、それはまことに理にかなった考え方であるように思われる。魔女アイリスの料理が単なる幻ではなく、実は煮たお米であるというところにもリアリティーがある。アイリスの魔法の料理は、研究と努力と才能の賜《たまもの》であり、安易で手軽なインスタント食品では決してないのである。

C. 魔法と現実の間

少女小説の古典、バーネットの『小公女』[19]（一九〇五年）は、非ファンタジーでありながら、物語の随所に魔法のイメージがちりばめられている。無慈悲で計算高い学院長ミンチン女史に虐げられながら、健気《けなげ》に生きる主人公セーラは、飢えと寒さに苦しんでいる。拾った四ペンスで買った甘パンを六つのうち五つまで乞食の少女に分け与えた後、たった一つ残ったパンを「このパンは、まほうのパン、食べても食べても、へらないパンなの」[20]とつぶやきながら、ゆっくりゆっくり味わうセーラ。アーメンガードからの差し入れのケーキやミートパイでパーティーを開こうとした寸前にミンチン女史に見つかり、すべてを取り上げられた後、泣きながら眠りについたセーラがふと目覚めると、部屋は暖かく、テーブルの上には食事の支度が出来ている。それは実は、隣家に住むインドの紳士が届けさせてくれたものなのだが、まるで魔法使いが持ってきてくれたようだとセーラは思う。お相伴にあずかったベッキーが、魔法が消えてしまったらもったいないから、残さず食べてしまったほうがいいのではと提案すると、セーラは言う。「だいじょうぶよ、ベッキー。まるで、まほうのようだけれどね、これは、たしかに、ほんもののパン、そして、ほんもののお友だちの友情よ」[21]。どんなにつらい時も、持ち前の想像力による「つもりごっこ」でみずからを励まし、常に矜持《きょうじ》を失わなかったセーラだが、想像という魔法が生み出す食べ物は、はかなく消えてしまうものだという共通認識が当然のようにそこにある。『小公女』という作品が、どんなに少女たちの想像力をかき立てる夢物語であったとしても、リアリズムの範《はん》疇《ちゅう》にある以上、フェアリー・ゴッドマザーの役割は、インドの紳士という生きた人間が果たさなければならなかった。それによって、セーラに与えられた食べ物は空腹を満たす本物になるのである。魔法ファンタジーの書き手たちの意識の中にも、こと食べ物に関する限り、魔法＝幻という図式が焼きついているのかもしれない。

一般に「魔法のような」という比喩が使われるとき、それは種も仕掛けもないところから何かが出現したかに思われる現象を指すことが多い。もしも魔法を使えれば、どれほど贅沢《ぜいたく》な〈食〉を実践できるだろう――。そんなわれわれの夢想に反して、物語の中で、自分たちの〈食〉を魔法によって確保している魔法使いたちは意外なほど少ない。人々が夢に見る究極の魔法の食卓に最も近いホグワーツのご馳走さえ、実は人に見えない地下にいる屋敷しもべ妖精たちの実質的な奴隷働きによって可能になっているというからくりに気づき、われわれはあらためて、〈食〉の持つ重みについて考えさせられる。言葉を魔法にして、思い通りの架空世界を創ることができる物語作家たちの意識の中でも、毎日の〈食〉は別格のものとして扱われるのである。

店頭に並ぶ食品から信頼性が失われ、誰が作ったかわからない加工品の危険性が増大する今日、便利で手軽な〈食〉に安住していた消費者たちは、否が応でも意識改革を迫られることになった。一般家庭の食卓を脅かす〈食〉にまつわる数々の嘆かわしい事件は、軽んじるべきでない日常の〈食〉を見知らぬ他人に安易に委ねてしまった現代人に下された天からの懲罰なのかもしれない。

〈食〉は人々の生活にとって必要不可欠なものだが、それだけに、厄介で面倒なものにもなる。だからといって、生きるのに必要なだけの養分を摂取できる万能のビタミン剤があったとして、それを日常的に使用したいと望む人が、どれほど存在するだろうか。〈食〉という行為の中に織りこまれた文化、思想、歴史の重みを受け止めながら、われわれは実体ある日々の糧を今日も摂取する。そしてそれは、人々の夢の産物であるファンタジー世界の住人にとっても、同じなのである。

Column

魔女と相棒

魔女のペットといえば、真っ先に黒猫が思い浮かぶ。昔ながらのこの組み合わせは現代の作品にもしばしば見受けられる。スタジオジブリ制作のアニメ映画でもおなじみの角野栄子作『魔女の宅急便』[1]（一九八五年）では、黒猫のジジは、キュートな年若い魔女キキと話をすることができる。ジジはただのペットでもなければ、魔界から呼び出され契約で縛られた使い魔でもなく、キキの相棒と呼ぶにふさわしい存在である。このキキとジジによく似た関係は、ドイツの児童文学作家オトフリート・プロイスラー作『小さい魔女』[2]（一九五七年）の〈小さい魔女〉とカラスのアブラクサスにも見ることができる。魔女と物言う小動物の組み合わせが印象的に呈示される。魔女の相棒であるジジとアブラクサスには、黒い色、おしゃべりが可能なところ以外にも共通点がある。性別がオスであること、実年齢はともかく、会話の内容から推察すれば、魔女たちよりちょっぴりお兄さんといった立ち位置であることだ。北欧神話の主神オーディンは、二羽のカラスを意のままに操り、情報収集に利用するが、アブラクサスは、役に立つ従者・家来としての使い魔というより、もっと情緒的で親密な話し相手だと言える。

こうして見ると、昔ながらの「魔女と使い魔」という定番のイメージを再現しながら、現代の作品の中では、その関係性は本質的なところで大きく変容しているように思われる。プロイスラーの〈小さい魔女〉は一二七歳ということなので、少女と呼ぶにはやや語弊があるが、魔女の基準では、まだ「ひよっこ」という設定である。つまり、キキも〈小さい魔女〉も、一人でさまざまな苦難を乗り越えながら生きていく自立した少女のヒロインなのだ。そんな少女のかたわらに物言う小動物が寄り添っている。

〈二十世紀最後の大ファンタジー〉などと評されたフィリップ・プルマンの『黄金の羅針盤』[3]（ライラの冒険シリーズ第一巻、一九九五年）において、ヒロインのライラには〈ダイモン〉のパンタライモンがいる。物言うペットにも見える〈ダイモン〉は、ライラだけのものでなく、その世界のすべての人間に生涯連れ添う、目に見える守護精霊という設定である。〈ダイモン〉はさまざまな動物の姿を取るが、基本的には持ち主である人間とは逆の性別だと決まっている。ライラは魔女ではないが、保護者のいない単独行動の少女であり、「少女のヒロインと物言うオスの小動物」という図式にぴたりと当てはまっている。

少女に限らず、少年の魔法使いにもペットはいる。ハリー・ポッターには、メスの白ふくろうヘドウィグが付き随《したが》う。持ち主と逆の性別の動物という点で、〈ダイモン〉にも似ているが、ヘドウィグはしゃべらない。手紙を配達してくれるという実用的な役割を持つ使い魔としてのイメージが強い。ヘドウィグがしゃべらないことは、ハリー・ポッターが常に仲間たちに囲まれ、孤独でないことと無関係ではないだろう。ハリー・ポッターのそばには同じ人間の話し相手がいるため、ヘドウィグと話す必要はないのである。

孤独なヒロインと物言う相棒との会話は、実はヒロインの一人二役の独白に近いものとも考えられる。相棒としての小動物は、もう一つの自己の投影で、交わされる会話は実は自分自身との対話であり、内省であるということになる。ジジもアブラクサスもパンタライモンも、自分の持ち主以外の人間と言葉を交わすことはない。彼らの声を聞くことができるのがその持ち主だけなのだとすれば、持ち主と性別の異なる彼らは、ユング心理学によるところのアニムス、すなわち、女性の深層心理に潜む男性性を具現化した存在と解釈することもできるだろう。（ちなみに、男性に潜む女性性はアニマである）

物言う相棒の存在は、物語の「語り」に関わる創作技術の面でもメリットがある。単独で行動する主人公を描く時、物言う相棒がいなければ、主人公の心の声と独り言、地の文による説明が増えてしまう傾向がある。ヒロインがぶつぶつ独り言を繰り返すより、相棒の動物とあれこれ言い合いながら物語が展開していくほうがはるかに自然な印象になるだろう。

また、単独で行動する年若いヒロインに物言う相棒が付き添う理由はもう一つ思い当たる。若い娘を一人きりにしておくのはいかにも心配で見ていられないという世間の〈良識〉を反映して、物言う相棒がヒロインの心理的なボディーガードの役割を果たしているのである。ただし、少女の自立と成長を描くことが物語の目的なので、少女が一人でいるという設定を邪魔しない程度の存在である必要がある。物理的にも少女を守る能力のある強いボディーガードがいつもそばにいては、ヒロインが依存してしまい、成長が妨げられてしまうからである。『黄金の羅針盤』の中で、ライラは途中、世界最強とも言うべき鎧《よろい》を着た熊のイオレク・バーニソン（ちなみに、この熊もしゃべる）と固い友情の絆で結ばれるが、ライラがイオレクと共に行動するのは一時的に過ぎない。

　単独行動の少女と物言う相棒の組み合わせは、ライトノベルの中にも見ることができる。短編連作の形で綴《つづ》られた時雨沢恵一のファンタジー『キノの旅』[4]（二〇〇〇年）において、孤独な主人公キノは相棒のしゃべる二輪車エルメスと共に旅をする。中性的なキノの自称は〈ボク〉なので、その性別は男だと誰もが思いこむ。相棒のエルメスは機械であり、乗り物だけにサイズも大きく、小動物という条件には当てはまらないが、機械のイメージから逸脱した人なつこい〈人格〉を持ち、とにかくおしゃべりである。エルメスの名は、ギリシャ神話の足の速い神ヘルメスから採ったものと推測され、男の名前がついている以上、性別があるとすれば、男性に分類されそうである。英語では、船や車をsheで受ける習慣があるが、乗り手が男性の場合、その愛車を女性扱いする傾向が見られることはよく知られている。少年キノの相棒にして愛車のエルメスは、女性であってしかるべきなのに……などと思いながら読み進めていくと、ある奇妙なことに気づかされる。キノは、〈ボク〉と自称はするが、地の文でキノの性別を特定する人称や名詞はいっさい使用されていないのである。初対面の相手に「坊や」と呼ばれた時、「『坊や』はやめてくれませんか。ボクはキノです」[5]と抗議する場面があるが、もちろんそれは、相手に子ども扱いされたことに対する憤慨に聞こえるように計算されている。キノが実は少女であるという事実は、この後、第五話で明かされる。キノが少女であったと判明し、キノとエルメスの関係性が、思いの外、オーソドックスで、ある種の型にはまっていたことがわかる。

　意識的であるにせよ、ないにせよ、時代を超えたさまざまな物語の中で、ある種のパターンが何かの法則のように繰り返され、不思議なほどの類似点と新しいヴァリエーションの加わった面白さを見るにつけ、古い革袋に新しい酒を入れる時、そこには思いがけない味わいが生まれるものだということに気づかされるのである。

注

（1）角野栄子『魔女の宅急便』（福音館書店、一九八五年）

（2）Otfried Preußler, *Die Kleine Hexe* (Thienemann, 1957)
日本語訳　オトフリート・プロイスラー『小さい魔女』大塚勇三訳（学習研究社、一九六五年）

（3）Philip Pullman, *Northern Lights* (Scholastic, 1995) / *The Golden Compass* (Knopf / Random House, 1996)
日本語訳　フィリップ・プルマン『黄金の羅針盤』ライラの冒険シリーズ1、大久保寛訳（新潮社、一九九九年）

（4）時雨沢恵一『キノの旅』、電撃文庫（アスキー・メディアワークス、二〇〇〇年）

（5）『キノの旅』、一〇四頁。

魔法にかけられた子どもたち

1．「魔法にかけられる」ことの意味

魔法をテーマにした児童文学に登場する子どもについて考える時、大きく分けて二つのタイプが思い浮かぶ。第一に、「ハリー・ポッター」シリーズ（一九九七―二〇〇七年）のハリー・ポッターや『魔女の宅急便』（一九八五年）のキキのような、みずから魔法を使う子どもたち。多くの場合、魔法は特殊な才能のメタファーであり、魔法使いである彼らは特別な才能に恵まれた子ども、特別な運命を背負った子どもである。

第二のタイプは、『ピーター・パン』（一九一一年）のウェンディや『ライオンと魔女』（一九五〇年）のペベンシーきょうだいのような、自力では魔法を使えない子どもたち。現実世界のどこにでもいる普通の子どもで、何かのきっかけで特殊な魔法的空間を訪れる、あるいは、魔法的存在に導かれて魔法的体験をすることになる、いわば、受け身の状態で魔法にかけられた子どもたちである。数においては圧倒的に後者が勝り、自力で魔法を使えない、特別な才能を持っているわけではないという点で、読者である大多数の子どもたちが自己

投影しやすいタイプだと言える。

物語の中で子どもたちに魔法をかけるのは、魔法使いや妖精などの魔法的存在、または魔法的空間であることが多い。もちろん、その魔法的存在や魔法的空間を生み出したのは物語の書き手に他ならない。物語世界はある意味、書き手の唱える呪文、すなわち、言葉という魔法によって創造された異世界であり、作家はその中で、みずからの読者をいかに魅了するかに力を尽くす。それは魔法ファンタジーに限らず、リアリズム小説でも同様であろう。だから、子どもを読者とする児童文学では、たとえ作品の中に「魔法にかけられた子どもたち」が登場しないとしても、常に作家の魔法にかけられるべき子どもたちが存在することになる。読者である子どもたちを「魔法にかけられた＝魅了された」状態にすることこそ、あらゆる書き手の最大の目標なのである。

2. かどわかされる子どもたち

作家はもちろん、子どもだけでなく、大人の読者にも魔法をかけたいと願うものだが、物語世界の中では、子どもはあきらかに大人より魔法との親和性が高い。大人が閉め出されている魔法空間に子どもだけが迷いこむ・誘いこまれるというのはきわめてよくある現象である。子どもはなぜ、魔法と相性がいいのだろうか?

年齢に応じた経験を積み、知識と常識を身につけた大人は、まさにその代償として、自由な発想と見たままを信じる心を失い、理性で理解できないものに対して警戒心を抱く。だから大人は本能的に〈魔法〉というものを恐れ、否定し、排除する。正体のわからないものは危険と見なし、自分の保護下にある子どもが魔法の領域に足を踏み入れることを阻止しようとするのだ。

一方、経験が少なく好奇心旺盛な子どもは、初めて見るものに警戒心を抱くこともなく、魔法的なものを受け入れ、歓迎する。子どもたちの好奇心と無防備さに呼応するかのように、魔法的存在は人間の大人の目を避けながら、子どもに近づこうとする。

アイルランドやウェールズには、親が目を離した隙に妖精が子どもをさらい、その代わりに取り替え子＝チェンジリングを置いていくという言い伝えがある。ヨーロッパに限らず、乳幼児死亡率が高かった時代には、子を持つ親は常にいつ子どもを失うかわからないという不安を抱えていた。チェンジリングの伝説は、そういう親の恐れや覚悟を反映しているものと考えられるが、ファンタジーの書き手にとっては、妖精が赤児《あかご》を盗み、代わりににせものを置いていくというこの現象は、非常に魅力的なモチーフであり、多くの作家たちが自作にチェンジリングを採り入れてきた。たとえば、シェイクスピアの戯曲『夏の夜の夢』(1)でも、妖精王オーベロンと女王タイターニアが、インドからさらってきた可愛《かわい》い赤ん坊を取り合って仲たがいする場面が描かれている。

モーリス・センダックの絵本『まどのそとのそのまたむこう』(2)（一九八一年）は、チェンジリングの伝説をそのままモチーフに採り入れた作品である。航海に出てしまった夫恋しさのあまり、ぼんやり海ばかり見つめ、二人の子どもたちのことはまるで目に入らない母親。その間に赤ん坊は顔のないゴブリンたちに連れ去られ、姉のアイダは妹を連れ戻す旅に出る。ジム・ヘンソン監督のファンタジー映画『ラビリンス　魔王の迷宮』(3)（一九八六年）はデヴィッド・ボウイ演じる美しき魔王に弟を連れ去られたヒロインのサラがゴブリン・シティに弟を取り戻しに行く物語だが、『まどのそとのそのまたむこう』に影響を受けているのは明らかである。

映画の原作として扱われているわけではないのだが、おとぎ話のごっこ遊びが大好きなサラの部屋には、グリムやアンデルセンの童話、『不思議の国のアリス』（一八六五年）、『鏡の国のアリス』[4]（一八七一年）、『オズの魔法使い』[5]（一九〇〇年）の他に、センダックの『まどのそとのそのまたむこう』と『かいじゅうたちのいるところ』[6]（一九六三年）が並んでいる。ゴブリン・シティでサラが助けるビーストのルードも、『かいじゅうたちのいるところ』のかいじゅうによく似たビジュアルに仕上げられている。

子ども部屋に子どもを盗みに来る妖精は、親の目にはもちろん、危険きわまりない誘拐魔と映るわけだが、かどわかしとしか言えないこの現象は、子どもにとっては必ずしも否定的な体験ではない。ピーター・パンは妖精をお供にして、親の不在を狙って子ども部屋に侵入してくるが、子どもたちはこの不思議な訪問者を歓迎し、誘われるままにネバーランドに飛び立ってしまう。異変を知らされた両親は急いでパーティーから戻ってくるが、時遅く、子ども部屋は大きく窓が開け放たれたまま、空っぽになっていた。ダーリング夫妻の深い嘆きをよそに、子どもたちはネバーランドで胸躍る冒険を体験することになる。

パメラ・L・トラヴァース作『風にのってきたメアリー・ポピンズ』[7]（一九三四年）の主役メアリー・ポピンズもまた、ピーター・パンと同じく、子ども部屋に侵入してきた魔性の存在と言えよう。子どもたちは最初からメアリー・ポピンズの不思議さに気づいているが、親たちは呆《あき》れるほどに鈍感で、魔性の存在をうかうかと我が家に招き入れてしまうのである。ただし、メアリー・ポピンズは、無断で侵入してきたピーター・パンとは違い、子どもたちの両親から正式に雇われた乳母であるため、誘惑者の側面と保護者の側面の両方を併せ持つ。子どもたちは、親の気づかぬうちに、メアリー・ポピンズに導かれてさまざまな驚異を体験するが、その冒険はあくまで保護者同伴のものであり、子どもたちの安全は確保されている。

時に見知らぬ他者が侵入してくることがあるとしても、本来、子ども部屋は安全に守られた場所である。子どもたちが異質な魔法的存在に出会うのは、多くの場合、この居心地のいい囲いこまれた空間の外、親元を離れ、都会から田舎など馴染《なじ》みのない場所へ行った時である。日常を離れ、親の保護と束縛から解き放たれた子どもたちが魔法的存在に出会う時、胸躍る冒険が始まる。子どもたちの出会う魔法的存在は、子どもの味方のように見えることもあるが、違う視点から見れば、子どもを危険へと誘いこむ誘惑者でもある。C・S・ルイスの『ライオンと魔女』において、疎開先のお屋敷の洋服ダンスの扉を通り抜けた先にある異世界ナルニアで、ルーシーが最初に出会うフォーンのタムナスもまさにそのような存在である。危険と隣り合わせの冒険の中で、子どもたちは初めて自分自身の力を試されるのである。

3. 魔法的存在との出会いと別れ

子どもが異世界に迷いこむのでなく、読者にとって身近な日常の中に魔法的存在が入りこんでくるタイプの物語は、エヴリデイ・マジックと呼ばれる。(8) 日常世界の中で不思議な出来事に遭遇する等身大の子どもたちの姿を描くということで、児童文学と相性のいいファンタジーである。

エヴリデイ・マジックの最初の作品と見なされているのは、イーディス・ネズビットの『砂の妖精』(9)（一九〇二年）である。シリル、アンシア、ロバート、ジェインと赤ん坊の弟の五人が夏を過ごすためロンドンから田舎にやって来るが、父は急な仕事、母は病気になった祖母の見舞いで出かけてしまう。両親不在のその場所で、子どもたちはサミアドという奇妙な妖精に出会う。妖精というよりモンスターに近い外見のサミアドは一日に一つ願い事をかなえてくれるという。ただし、その魔法は日没とともに効力を失う。子どもたちは、きれいになりたい、お金持ちになりたい、空を飛びたいなどの願い事を次々にかなえてもらうが、結局、それらの魔法が原因でことごとく窮地に陥り、自力で切り抜けなければならなくなる。

二十世紀初頭に発表されたこの作品において、砂の妖精サミアドの魔法はいかにも安直でたわいない。大人たちが魔法というものを信じなくなった科学の時代に、魔法はその居場所を子どもたちの心の中に求めるかのように、大人のいないところにひっそり降り立つのである。子どもたちは本能的に、この秘密を大人に話してしまえば、常識を振りかざす懐疑的な彼らに否定され、軽視され、魔法はたちまち失われてしまうことを知っている。『砂の妖精』の子どもたちも子守のマーサや母に秘密を隠して、しばらくの間、手軽な願望充足の遊びとして魔法を楽しむが、度重なる失敗の末、自分たちの愚かさを悟り、もう二度と願い事はしないと約束して、サミアドと訣別《けつべつ》する。

サミアドよりはるかに強い神秘的な力を持つメアリー・ポピンズは、みずから子守役に志願してバンクス家の子ども部屋に乗りこんでくる。サミアドが主役の座を子どもたちに譲り、英語タイトル（*Five Children and It*）の中でもItと表現されているに過ぎないのに対して、タイトル・ロールのメアリー・ポピンズは、さすがの存在感を見せつける。メアリーは大胆にも、バンクス夫人の真後ろで不思議な力を行使するのだが、バンクス夫人はそのことにまったく気づかない。子どもたちが秘密にするまでもなく、魔法はメアリーと子どもたちだけで共有されるのである。常識で目を曇らされた大人と見たままを受け入れる能力を持つ子どもの姿が対照的に描き出される。みずからの意志で子どもたちの前に現れ、時に宇宙的規模にも及ぶ数々の不思議を見せてくれたメアリーは、風向きが変わると、またふいにいなくなってしまう。

メアリー・ノートンの『魔法のベッド南の島へ』[10]（一九四三年）と『魔法のベッド過去の国へ』[11]（一九四七年）では、『砂の妖精』と同様、ケアリイ、チャールズ、ポールのきょうだいは親元を離れて預けられた先で不思議に出会う。ミス・プライスは見た目は地味で平凡な女性だが、箒《ほうき》で空を飛ぶ練習をしているところを末っ子のポールに目撃されてしまう。六歳のポールは、しばらく前からミス・プライスの飛行練習に気づいていたが、最初は姉や兄にもそのことを秘密にしている。もし話したとしても、「ばかなこというんじゃない」と笑われるに決まっているからだ。年を重ねるにつれ信じる力を失っていくという事実は、六歳の少年にさえ認識されている。ファンタジーの中で、最初に魔法に出会うのがいちばん年下の子であることが多いのは、そのためである。スタジオジブリのアニメーション映画『となりのトトロ』[12]（一九八八年）でも、姉のサツキより、妹のメイのほうが先にトトロの存在に気づく。メアリー・ポピンズも、人は大きくなると、赤ちゃんの頃にはわかっていた鳥や風の言葉を忘れてしまうと言っている。ミス・プライスが魔女であることを知った子どもたちは、大胆な取り引きを持ちかけ、秘密を守る代わりに、ベッドのノブを回すことによって好きなところに行ける魔法をかけてもらう。ミス・プライスと子どもたちは空間と時を超えた冒険に出かけるが、最後に、十七世紀のロンドンで出会った男性魔法使い（本当に魔法が使えるわけでなく、どちらかというと普通の人）と生きていくことを決意したミス・プライスは、子どもたちに別れを告げて、魔法のベッドとともに永久に過去へと去っていく。

同じノートンの『床下の小人たち』[13]（一九五二年）に始まるシリーズもまた、エヴリデイ・マジックの手法を持つ。だが、「もしも人の家の床下に小人が住んでいるとしたら」という着想から生まれたこの作品に魔法は出てこない。サミアドやメアリー・ポピンズやミス・プライスが、力の差こそあれ、子どもたちに胸躍る体験をさせてくれ、困った時は救いの手を差しのべてくれる頼れる存在だったのに対して、借り暮らしの小人たちは人に寄生せずには生きていけない小さくて無力な存在である。物語は小人の女の子アリエッティを主人公にして書かれているが、最初に小人を目撃する人間の男の子に焦点を合わせれば、男の子は病気療養のため親元を離れて預けられた田舎の屋敷で不思議に遭遇することになる。男の子は小人の存在を受け入れ、友情を結び、手助けするが、それに気づいた意地悪な家政婦は大騒ぎして害虫駆除業者を呼ぶ。ここにおいても、不思議な存在をありのまま受け入れる子ども、存在そのものを否定し排除しようとする大人という典型的な構図が浮かび上がる。シリーズ続編でも、安息の地を求めるアリエッティ親子の受難は続く。彼らを全面的に受け入れるミス・メンチスのような大人も現れるが、彼女は子どもの心を忘れない例外的な存在として描かれる。この作品の最大の特徴は、緻密に練り上げられたリアリティー溢《あふ》れる小人たちの生活が生き生きと描写されていることであり、ファンタジーにとって、いかにリアリティーが大切であるかが印象づけられる。

ペネロピ・ライヴリィの『トーマス・ケンプの幽霊』[14]（一九七三年）も典型的なエヴリデイ・マジックとして挙げられる。この作品は、ルーシー・ボストンの『グリーン・ノウの子どもたち』[15]（一九五四年）やフィリッパ・ピアスの『トムは真夜中の庭で』[16]（一九五八年）に通じるところがあり、古い家と異なる時代にそこに住んできた人々の記憶を通して、過去と現在のつながりを強く感じさせる物語になっている。主人公のジェームズは家族で引っ越してきた家の自分の部屋に過去の魔術師の幽霊が棲《す》みついていることに気づく。トーマス・ケンプと名乗るこの幽霊は姿を見せないが、あちこちに文字によるメッセージを書き散らし、勝手にジェームズを弟子呼ばわりして、理不尽な用事を言いつける。物を壊したり大きな音を立てたりするポルターガイストの存在など、両親が信じるわけもなく、迷惑な騒ぎはすべてジェームズのせいにされてしまう。後に大人のよき理解者が登場するものの、大人たちは基本的に目の前で起きている不思議な現象をあるがままに受け入れようとしないため、子どもが一人で問題解決に当たらなければならない。トーマス・ケンプが以前にも、ジェームズと同じ年頃の少年アーノルドにつきまとい困らせたことがあるとわかるが、この幽霊が子どもたちの前でみずからの存在を誇示するのは単なる偶然ではなく、物事をありのままに信じ受け入れる子どもの柔軟性に引き寄せられるからだと考えることもできる。

『スノーマン』[17]（一九七八年）で知られる絵本作家レイモンド・ブリッグズは、中年の小人と少年の交流を描いた『おぢさん』[18]（一九九二年）で、毒の効いた諷刺《ふうし》たっぷりに、エヴリデイ・マジックの手法を打ち出している。少年が、おじさんは『床下の小人たち』に出てくるのと同じ小人ではないのかと尋ねて、小人を怒らせるシーンはご愛嬌《あいきょう》だが、少年にあれこれ贅沢《ぜいたく》な要求を突きつけるわがまま放題のこの小人は、まさにトーマス・ケンプ並みのトラブル・メーカーである。小人は自分のことは誰にも話してはならないと無理やり少年に誓わせる。小人は、人間の大人が自分を見たら、たちまち排除するか金儲けに利用しようとすることを知っており、「子どもたちは、もうすこし信頼できる」と言う。子どもたちの心の中にだけ自分たちの存在が受け入れられる余地があることを知っているのだ。

エヴリデイ・マジックの物語の中で子どもたちが出会う不思議な存在は、願望充足を実現してくれる魔法使いにせよ、厄介なトラブル・メーカーにせよ、物語の最後でことごとく子どもたちの前から去っていく。子どもたちと魔法との蜜月は短い。魔法との別れは、子どもたちが成長し、大人になっていく運命を象徴的に示しているのかもしれない。

4. 騙《だま》されたい子どもたち

子どもが魔法と親和性が高いのは、信じる力が強いからだと述べてきたが、その一方で、子どもは本当に魔法を信じているのかという疑問もある。クリスマスにプレゼントを持ってきてくれるサンタクロースの存在についてはどうだろう。人はよく、自分はいつまでサンタクロースを信じていたのかを話題にするものだが、よほど純粋でない限り、多くの子どもはかなり早い段階で、枕元にプレゼントを置いていってくれるのが、トナカイの引くそりに乗って北極から飛んでくる太った体に赤い衣装をまとった白髭《しろひげ》のおじいさんではなく、魔法のかけらも持たない自分の父や母であることに薄々感づくことになるのではないだろうか。

コマーシャリズムに後押しされた大人たちが社会全体で演出する「クリスマス」というきらびやかで大がかりな虚構の設定に身を委ねてしまえば、楽しい体験ができることを子どもたちは知っている。いつまでもサンタクロースを信じていられる「純粋性」を大人が貴重なものとして尊び、喜ぶことを知っているから、幼い頃はともかく、ある程度の分別がつくようになってからも、子どもは「信じる振り」を続けようとする。信じていないことが大人に明らかになった時、楽しい儀式は終わってしまうからである。虚構の「お約束」にどっぷり浸《ひた》ることで、楽しみは確保される。

「騙す」「騙される」ということは、一般には否定的な概念としてとらえられるが、果たして本当にそうなのだろうか。時に人は心地よく「騙されたい」と願うのではないだろうか。

ファンタジーを読むことは、「ごっこ遊び」と似ている。どちらも、現実とは違う枠の中に身を置き、想像力を働かせながら虚構を楽しむ行為だからである。「ごっこ」は、英語で表せば、make-believe、つまり、信じる振りをすることだ。子どもの成長過程において、「ごっこ遊び」は重要な意味を持つ。本来の「ごっこ遊び」は、自分の身体と感覚を最大限に駆使して、みずからの想像力で作り上げた架空の設定を楽しむ、きわめて創造的な遊びである。現実世界と想像世界を自在に行き来する「ごっこ遊び」を通して、子どもはバランス感覚を身につけていく。

だが、ハイテクを駆使したゲーム全盛の現代にあって、バーチャル・リアリティーを文字通り体感できるスマートフォン対応のゲームアプリ「ポケモンＧＯ」の登場（二〇一六年）は大きな社会現象となり、「ごっこ」の虚構がほとんど地球規模に拡大して、現実を呑《の》みこんでしまうほどの事態が生じている。このようなゲームに興じているのは、子どもというよりは若者世代であるが、現実感覚を喪失した人々がいっそう増加していくことが懸念される。ハイテク機器が生み出す虚構の空間は、自分自身の想像力による産物ではなく、他者の作りこんだものであり、そこから出られなくなってしまうとすれば、他者の作った檻《おり》の中にみずから飛びこみ、罠《わな》にかかっていることにさえ気づかぬような思考停止の状態に陥っていると言えるのかもしれない。

永遠に大人にならないピーター・パンには、「ごっこ」と「本物」の区別がつかないという。区別がつかないからこそ、どこまでも遊びに夢中になれるのであろうが、普通の子どもたちは、遊びに打ち興じていられる時間がいつまでも続くわけがないことを薄々知っている。そういう意味では、子どもは大人が思っている以上に世知に長《た》けている面があると言えよう。

子どもは騙されていたいだけでなく、自分でも嘘《うそ》をつく。リンドグレーンの『長くつしたのピッピ』[19]（一九四五年）では、ピッピの嘘は子どもらしく単純でわかりやすいものだが、R・S・ガネット作『エルマーのぼうけん』[20]（一九四八年）のエルマーやフィリップ・プルマン作「ライラの冒険シリーズ」[21]のライラのようなきわめて頭のいい子どもは、大人顔負けの嘘をつく。エルマーとライラは、肉体的な力ではとうていかなうはずもない猛獣と対決するために、戦いの武器として知恵を使う。ライラLyraについては特に「嘘つき」を意味するライアーliarを連想させる名前の持ち主で、その嘘は名人級である。『黄金の羅針盤』（一九九五年）において、巧みな嘘で恐ろしいクマの王を言いくるめ、盟友イオレク・バーニソンのために復讐《ふくしゅう》を遂げる機会を作ってやる場面は圧巻で、ライラのおかげで宿敵を倒し、王座を勝ちとるイオレク・バーニソンは、この剛胆な少女を〈ライラ・シルバータン（Silvertongue＝雄弁）〉と称える。[22] エルマーやライラの堂々たる詐欺師ぶりは、北欧神話の邪神ロキやギリシャ神話の知将オデュッセウスのような伝説のトリックスターたちの風格さえ漂わせる。言葉を自在に使いこなす能力は、強い魔力にも匹敵することが窺《うかが》えるのである。

5. 異世界からの帰還

エヴリデイ・マジック作品では、ほとんどの場合、最後に魔法的存在が子どもたちの前から去っていくという結末を迎える。子どもたちと魔法との蜜月は短い。先にも述べた通り、魔法との訣別は、子どもたちの成長の証しと解釈することができるだろう。では、魔法の国へ迷いこんだ子どもたちは、どうなるのだろうか。

『ピーター・パン』のネバーランドは子どもの心の中にあるとほのめかされている。ミヒャエル・エンデの『はてしない物語』[23]（一九七九年）では、ファンタージエンの女王は、〈幼ごころの君〉と呼ばれている。魔法の国の位置する場所は、過ぎ去った日々の遠い記憶の中か童心の中、もしくは、生まれる前にいたところというイメージであろうか。だが、たとえどれほど居心地がよかろうと、人は〈魔法の国〉〈魔法の森〉〈おとぎの国〉〈ファンタージエン〉にとどまり続けてはならない。『はてしない物語』におけるエンデのストレートなメッセージがまさにそれである。ほとんどの場合、子どもたちは迷いこんだ魔法の国から去っていく。

『不思議の国のアリス』の終盤で、アリスは「あんたたちなんか、ただのトランプじゃない！」と不思議の国の住人に「現実」を突きつけて、不思議の国から追放される。それは「ごっこ遊び」の終焉《しゅうえん》を意味するものでもある。「お約束」を信じられなくなった時、すなわち、異世界のルールを受け入れられなくなった時、魔法の国への入り口は閉じられるのである。

不思議の国にとどまり続けることができるのは、成長しない子どもだけだ。ネバーランドで、最初は自分たちと同じ子どもに見えていたピーター・パンは、勇敢だが忘れっぽく、記憶も知識も蓄積することがない。つまり、心も身体も決して成長することのない異質な存在であることがわかってくる。ピーター・パンという世界でひとりだけ無垢《むく》の状態を保ちつづけることが可能な〈永遠の子ども〉に出会うことで、〈ふつうの子ども〉であるウェンディは否応なく自分が成長していくことを思い知らされる。

しかしながら、異世界から現実への帰還は必ずしも容易なものではない。平凡な主人公が異世界で過酷な運命に巻きこまれ、尋常ならざる冒険・戦いの末、英雄となった後、果たして、元の平凡な日常に戻ることができるだろうか。トールキンの『ホビットの冒険――行きて帰りし物語』[24]（一九三七年）では、ビルボは冒険の末、平凡な日常に戻ることになり、その副題が示す通り、戻ることにこそ意味があるとする物語であったが、続編にあたる『指輪物語』（一九五四―一九五五年）の中で、実はビルボが日常に適応できなくなっていたことが語られている。『指輪物語』の主人公フロドにいたっては、過酷な体験の後、二度と元の居場所に戻ることなく、神格化された英雄としてエルフの国へ旅立っていく。

先述の通り、『はてしない物語』の中心テーマは、虚構世界から現実への帰還である。気弱でいじめられっ子の主人公バスチアンは物語の世界ファンタージエンへ迷いこみ、なりたい自分になって、望み通りのすべてを手に入れる。だが、願望充足の虚構の世界に浸りきったバスチアンは、英雄から暴君になりかかり、破滅の道を歩みそうになる。記憶をなくして現実世界に戻れなくなった元帝王たちと同様に、バスチアンもどんどん記憶をなくしていくが、アトレーユの助けを借りて、元の世界に戻ることになる。ファンタージエンで得たすべてのものは失われるが、最後には、自分自身であることの悦《よろこ》びが満ちてくるのをバスチアンは感じる。

『はてしない物語』を原作とした一九八四年制作の映画『ネバーエンディング・ストーリー』[25]では、原作の後半部分がそっくり削除され、バスチアンの葛藤は描かれていない。エンデが真に語りたかったのは後半部分であったことも一因となり、エンデと映画制作側が訴訟で争うことになったのはよく知られている。

「ナルニア国物語」第一巻の『ライオンと魔女』（一九五〇年）では、四人の子どもたちはナルニアの王・女王となって、成人するまでの長い年月を過ごした後、すっかり忘れていた洋服ダンスの扉を見つけ、そこから現実世界に戻る。記憶を保ったまま、あっさり子どもに逆戻りして、あっけらかんと元の日常に戻ることになるが、この展開には、かなり違和感がある。子どもの体に大人の経験を持つというアンバランスな状況に置かれた彼らには、もっと大きな葛藤があってしかるべきなのではないだろうか。

さらに、最終巻『さいごの戦い』[26]（一九五六年）では、ペベンシー家の長女スーザンが、おしゃれに夢中になる年齢になって、ナルニアに入れなくなる一方で、〈まことのナルニア〉に迎え入れられるルーシーは、現実世界では、列車事故で命を落とした設定になっている。つまり、〈まことのナルニア〉はあきらかに天国の象徴である。だが、異世界での冒険を通して、子どもたちが現実世界で生きる力を得るまでの過程を描くのが児童文学の使命であるとすれば、その意味で、「ナルニア国物語」は、布教という目的に傾きすぎて、児童文学の本来の役割から逸脱してしまったようにも思われる。

小野不由美のライトノベルの大作「十二国記」シリーズ第一巻『月の影　影の海』[27]（一九九二年）では、平凡な女子高生だった主人公の中島陽子は、苛酷な試練を乗り越えた後、異世界の王となるが、陽子の場合、もともと異世界の住人であったはずが、はずみで現実世界に流されていたという設定がある。陽子にとって、異世界の王となることは、本来いるべき場所に戻ったことを意味する。だから、陽子は現実世界に戻ってくることはない。

「ライラの冒険シリーズ」では、ヒロインのライラは、もともと「ふつう」の枠には収まりきらない運命に選ばれた少女であり、世界――しかも、パラレル・ワールド、死者の世界も含めた複数の世界を救うほどの冒険をするが、最後は、旅の途中に出会い、運命で結ばれていた少年ウィルとも別れ、それぞれが元の世界に戻るという結末になる。その点では、「ナルニア国物語」のアンチ・テーゼとも評される壮大な冒険ファンタジーでありながら、正統的な児童文学の枠組みに収まっている作品と言えるだろう。

6. 子ども時代との訣別

物語の幕切れに魔法的存在・魔法世界との別れが描かれることは、ファンタジー系児童文学の王道とも言えるが、Ａ・Ａ・ミルンの『くまのプーさん』[28]（一九二六年）ほど、子ども時代との訣別がはっきり宣言されている作品は珍しい。

『くまのプーさん』に関してまず注目したいのは、ぬいぐるみのプーさんの持ち主であるクリストファー・ロビンに、作者自身の息子の本名がそのまま使われているということである。読者の多くが、実在のクリストファー・ロビンと作中人物のクリストファー・ロビンを同一視したくなるのも無理からぬことだろう。舞台設定も独特で、ここでは現実と魔法の国との境界線がはっきり引かれているわけではない。物語の冒頭で、物言わぬぬいぐるみとしてのプーさんが、無頓着なクリストファー・ロビンに引きずられ、階段に頭を打ちつけられながら二階から降りてくる場面が描かれているが、その後、ふと気がつけば、われわれは、生きているぬいぐるみたちとともにクリストファー・ロビンが魔法の森にいるのを見ている。森の中では、人間はクリストファー・ロビン一人だけだ。大人の姿は描かれていないが、ただ、常に作者である父親の姿が、物語の語り手としてうっすらと見えている。ミルンは、クリストファー・ロビンの父親でありながら、物語世界の創造主として、この空間を支配している。クリストファー・ロビンは、親の保護のもとで魔法の国に遊んでいる子どもと言えるのかもしれない。

続編である『プー横丁にたった家』[29]（一九二八年）の最後の場面で、クリストファー・ロビンはプーさんとの別れをほのめかす発言をする。だが、これが本当にクリストファー・ロビンの意志なのか大いに疑わしい。クリストファー・ロビンの中に、作者である父親の視点が入りこんでいるような奇妙な印象がぬぐえないからだ。子どもであるはずのクリストファー・ロビンが「大人」として自分を見ているような歪《ゆが》みが生じているのである。クリストファー・ロビンが「ぼく、もうなにもしないでなんか、いられなくなっちゃったんだ」と言う時、それは学齢期に達して、好きなだけ遊んでいていい時代が終わったことを意味するものと考えられる。自分がいずれ、魔法の森に二度と足を踏み入れることはなくなるだろうと早くも予感していることをにおわせながら、クリストファー・ロビンはプーさんにはずっと自分のことを覚えていてほしいと不公平な約束をさせる。まるで、純真な恋人を裏切る不実な男のようにさえ見えるのである。

クリストファー・ロビンの思惑などまるで理解しないまま、プーさんは「さァ、いこう」というクリストファー・ロビンの誘いに応じる。

そこで、ふたりは出かけました。ふたりのいったさきがどこであろうと、またその途中にどんなことがおころうと、あの森の魔法の場所には、ひとりの少年とその子のクマが、いつまでもあそんでいることでしょう。

これが物語の結びであり、それから、E・H・シェパードによるイラスト——クリストファー・ロビンとプーさんが手をつないで楽しげにスキップしているシルエットが本の最後のページを飾っている。クリストファー・ロビンがほのめかす別れの予告と、この楽しげな（だが黒いシルエットの）イラストのギャップは何だろう。子ども時代は否応なく過ぎていく。だが、記憶のページをめくれば、その中にいつまでも思い出は残る——。作者ミルンはそう言いたかったのだろうか。

いずれにしても、一時的に大人の視点を持たされたクリストファー・ロビンの発した別れの言葉がまるでなかったかのようにかき消され、魔法の場所でふたりが「いつまでもあそんでいることでしょう」と書き換えられてしまう。魔法使いが杖《つえ》を一振りしたように、無邪気なプーさんと、再び子どもに戻ったクリストファー・ロビン、そして読者であるわれわれは、永遠の森の中で魔法にかけられるのである。

現実のクリストファー・ロビン・ミルンは、あまりにも有名なその名前を持ちながら、どのような人生を過ごしたのだろう。父子の間に長い確執があったことはよく知られているが、ウェンディをネバーランドに誘いこんだピーター・パンのように、作家ミルンは自分の息子を物語という魔法の森に誘い、閉じこめてしまった誘惑者の役目を果たしていたのではないか。最後に魔法の森との訣別の言葉を語らせることで、息子を解放したつもりだったのかもしれないが、ミルンは、自分自身の言葉の魔法がいかに強力なものであったかに気づいていなかったのだろう。行った先から戻れなくなった時、そこには悲劇が生じるのである。

ファンタジーの果たすべき役割は、束の間、読者が虚構という異世界を旅する機会を作ることである。物語世界での擬似体験を通して、世界には別の秩序やルールも存在し得るのだという可能性に気づく時、人は自分の立っている現実という地盤が必ずしも揺るぎないものではないことを知り、自分を縛っていた〈常識〉から解き放たれ、自由になることができる。そうして、新しく柔軟な複眼的思考法を身につけたわれわれは、解放された状態で、〈故郷〉である現実世界に戻り、そこで新たな日々を生きていくのである。

注

【魔法ファンタジーに見る知と力の関係】

（1）アニメーション映画『ピーター・パン（*Peter Pan*）』（ウォルト・ディズニー制作、一九五三年）

（2）James M. Barrie, *Peter Pan* (Hodder & Stoughton, 1911)
日本語訳　J・M・バリ『ピーター・パン』厨川圭子訳、岩波少年文庫（岩波書店、二〇〇〇年）

（3）William Shakespeare, *Tempest*
日本語訳　ウィリアム・シェイクスピア『テンペスト』小田島雄志訳、白水Uブックス（白水社、一九八三年）

（4）J.R.R. Tolkien, *The Lord of the Rings* (George Allen & Unwin, 1954-55)
日本語訳　J・R・R・トールキン『指輪物語』瀬田貞二訳（評論社、一九七二—一九七五年）

（5）J.K. Rowling, Harry Potter Series (Bloomsbury, 1997-2007)
日本語訳　J・K・ローリング「ハリー・ポッター」シリーズ、松岡佑子訳（静山社、一九九九—二〇〇八年）

（6）Ursula K. Le Guin, *Tales from Earthsea* (Harcourt Brace & Company, 2001)
日本語訳　アーシュラ・K・ル＝グウィン『ゲド戦記外伝』清水真砂子訳（岩波書店、二〇〇四年）

（7）「ゲド戦記」シリーズにおける女性の力に関しては、以下二本の拙論を参照されたい。
「無垢なる器からの脱皮——*The Tombs of Atuan* 試論」（『聖学院大学論叢』第一一巻第四号、一九九九年）
「自由への飛翔——*Tehanu* におけるダブル・ヴィジョンの意味」（日本イギリス児童文学会、*Tinker Bell* 第四五号、二〇〇〇年）

（8）Ursula K. Le Guin, *Tehanu, The Last Book of Earthsea* (Atheneum Books, 1990)
日本語訳　アーシュラ・K・ル＝グウィン『帰還』清水真砂子訳（岩波書店、一九九三年）

（9）Ursula K. Le Guin, *A Wizard of Earthsea* (Parnassus

Press, 1968)
日本語訳　アーシュラ・K・ル＝グウィン『影との戦い』清水真砂子訳（岩波書店、一九七六年）、七二頁参照。

【おとぎ話の功罪】

（1）「美魔女」という言葉は、光文社のファッション雑誌『美ＳＴＯＲＹ』が二〇〇九年から使用し始めた造語とされている。

（2）日本のアニメに登場する「魔法少女」については、『少女と魔法――ガールヒーローはいかに受容されたのか』に詳しい。一九六六年に放映開始された『魔法使いサリー』に始まる日本の主な女の子向け「魔法少女」アニメの一覧が巻末付録に示されている。
須川亜紀子『少女と魔法――ガールヒーローはいかに受容されたのか』（ＮＴＴ出版、二〇一三年）

（3）代表的な作品として、アンジェリーナ・ジョリーが魔女的ヒロイン〈厳密に言えば、〈魔女〉ではなく〈妖精〉〉を演じた二〇一四年の実写映画『マレフィセント』が挙げられる。同じ二〇一四年の『イントゥ・ザ・ウッズ』は一九八七年初演のブロードウェイ・ミュージカルをコンパクトに映像化したものだが、メリル・ストリープがダークでありながら観客の共感を呼ぶ魔女を演じた。ディズニーの関連会社であるＡＢＣスタジオ制作のテレビドラマ・シリーズ「ワンス・アポン・ア・タイム」（二〇一一年放送開始）は、おとぎ話やディズニー映画を素材にしたパロディ作品で、魔女的な要素を加味された大人になったプリンセスや存在感のある悪役たちが数多く登場する。

（4）Bruno Bettelheim, *The Uses of Enchantment: Meaning and Importance of Fairy Tales* (New York: Alfred A. Knopf, 1976)
日本語訳　ブルーノ・ベッテルハイム『昔話の魔力』波多野完治・乾侑美子訳（評論社、一九九一年）

（5）Madonna Kolbenschlag, *Kiss Sleeping Beauty Good-Bye : Breaking the Spell of Feminine Myths and Models* (New York: Doubleday, 1979)
日本語訳　マドンナ・コルベンシュラーグ『眠れる森の美女にさよならのキスを――メルヘンと女性の社会神話』野口啓子・野田隆・橋本美和子訳（柏書房、一九九六年）

（6）Marion Zimmer Bradley, *The Mist of Avalon* (Ballantine Books, 1982)
日本語訳　マリオン・ジマー・ブラッドリー〈アヴァロンの霧1〉『異教の女王』岩原明子訳、ハヤカワ文庫（早川書房、一九八八年）

（7）Tanith Lee, *Red as Blood, or Tales from the Sisters Grimmer* (Daw Books, 1983)
日本語訳　タニス・リー『血のごとく赤く――幻想童話集』木村由利子・室住信子訳、ハヤカワ文庫（早川書房、一九九七年）

（8）Fay Weldon, *The Life and Loves of a She Devil* (1983; London: Sceptre, 1984)
日本語訳　フェイ・ウェルドン『魔女と呼ばれて』森沢麻里訳、集英社文庫（集英社、一九九三年）

（9）現代女性作家研究会編〈現代イギリス女性作家を読む1〉『フェイ・ウェルドン――魔女たちの饗宴』（勁草書房、一九九一年）、三七頁。

（10）Nancy A. Walker, "Witch Weldon: Fay Weldon's Use of the Fairy Tale Tradition" in *Fay Weldon's Wicked Fictions*, ed. by Regina Barreca (Hanover and London: University Press of New England, 1994), p.9 参照。

（11）『魔女と呼ばれて』、七二頁。原文は以下の通り。
I want revenge.
I want power.
I want money.
I want to be loved and not love in return.

（12）「マウンティング（女子）」という言葉は、二〇一四年の「ユーキャン新語・流行語大賞」にノミネートされた五〇語のうちの一つである。

（13）映画『シーデビル（*She-Devil*）』（スーザン・シーデルマン監督、一九八九年）

（14）ピグマリオンはギリシャ神話に登場するキプロスの王で、彫刻の名手。自作の乙女像に恋をし、この彫像が人間になることを願った。願いを聞き入れた美の女神アフロディーテがこれに命を与え、ピグマリオンが妻とした。この神話を下敷きにしてジョージ・バーナード・ショーが書いた戯曲『ピグマリオン』（一九一二年）は、一九五六年、ブロードウェイ初演のミュージカル『マイ・フェア・レディ』の原作であり、一九六四年には、オードリー・ヘプバーン主演で映画化された。

（15）フランケンシュタインは、メアリー・シェリー作のゴシック小説『フランケンシュタイン』（一八一八年）の主人公で、墓から掘り出した死体をつなぎ合わせて人造人間を創ったが、みずからの創り出した怪物をその醜さゆえに失敗作と見なし、名前もつけぬまま見捨てたことで、怪物に復讐される。怪物に名前がないこともあって、しばしば、怪物自体の名がフランケンシュタインと誤解されていることがある。

【魔法の食卓】

（1）Lewis Carroll, *Alice's Adventures in Wonderland* (Macmillan, 1865)
日本語訳　ルイス・キャロル『不思議の国のアリス』矢川澄子訳、新潮文庫（新潮社、一九九四年）

（2）William Shakespeare, *Macbeth*
日本語訳　ウィリアム・シェイクスピア『マクベス』小田島雄志訳、シェイクスピア全集、白水Uブックス（白水社、一九八三年）、一〇九—一一一頁参照。

（3）Brüder Grimm, *Hänsel und Gretel*
日本語訳　グリム「ヘンゼルとグレーテル」『グリム童話集Ⅱ』植田敏郎訳、新潮文庫（新潮社、一九六七年）

（4）『グリム童話集Ⅱ』、七一頁。

（5）C.S. Lewis, *The Lion, the Witch and the Wardrobe* (Geoffrey Bles, 1950)
日本語訳　C・S・ルイス『ライオンと魔女』瀬田貞二訳、岩波少年文庫（岩波書店、一九八五年）

（6）C.S. Lewis, *The Magician's Nephew* (Bodley Head, 1955)
日本語訳　C・S・ルイス『魔術師のおい』瀬田貞二訳、岩波少年文庫（岩波書店、一九八五年）

（7）Margaret Mahy, "The Good Wizard of the Forest" in *The Second Margaret Mahy Story Book* (Dent, 1973)
日本語訳　マーガレット・マーヒー「魔法使いのチョコレート・ケーキ」『魔法使いのチョコレート・ケーキ』石井桃子訳（福音館書店、一九八四年）

（8）グリム「白雪姫」『グリム童話集Ⅰ』植田敏郎訳、新潮文庫（新潮社、一九六七年）、二一七頁。

（9）アニメーション映画『白雪姫』（*Snow White and the Seven Dwarfs*）（ウォルト・ディズニー制作、デイヴィッド・ハンド監督、一九三七年）

（10）ディズニー版『白雪姫』のお妃は、あきらかに、典型的な悪役を都合よく「演じさせられ」ており、特に毒りんごにまつわるシーンでは不可解な行動が目立つ。魔法の鏡に最高の美女は白雪姫であると宣告されたお妃は、白雪姫を抹殺するために、まず、わざわざ苦痛を伴う魔法薬を使って、世にも醜い老婆に変身する。小人たちの家に毒りんごを売りに行く時に物売りの老婆に変装すればいいだけなのに、毒りんごを作る前に変身するこのタイミングはあまりにも唐突で馬鹿げている。若さと美に執着しているはずのお妃が、何を好きこのんで早々に醜く老いさらばえなければならないのか？　さらにディズニー版の毒りんごは、最初から白雪姫を殺すものではない設定であることにも驚かされる。まるで『ロミオとジュリエット』ばりの、生きながら仮死状態にする毒なのである。呆気なく殺すより、小人たちに白雪姫を生き埋めにさせることで、お妃の底意地の悪さを強調しているようにも見えるが、実際には、たとえ白雪姫が毒りんごを口にしても死ぬわけではないことを前もって観客に知らせて安心させるのが真の目的と言えよう。そうでなければ、死に至る毒りんごを作るほうがよほど簡単で確実なのに、わざわざ仮死状態を誘発するような複雑なものを作る理由がない。さらにご丁寧に、愛する人との最初のキスで仮死状態が解けるという解毒の方法までがお妃によって（観客に）示されるに至っては、こんな馬鹿げた役回りを与えられたお妃が気の毒にすら思えてくる。

（11）『魔術師のおい』、二七三頁。

（12）Jeanne-Marie Leprince de Beaumont, *La Belle et la Bête* (1756)
　日本語訳　ボーモン夫人『美女と野獣』鈴木豊訳、角川文庫（角川書店、一九七一年）

（13）アーシュラ・K・ル＝グウィン『影との戦い』清水真砂子訳（岩波書店、一九七六年）、二四三頁。

（14）J.K. Rowling, *Harry Potter and the Goblet of Fire* (Bloomsbury, 2000)
　日本語訳　J・K・ローリング『ハリー・ポッターと炎のゴブレット』松岡佑子訳（静山社、二〇〇二年）

（15）Diana Wynne Jones, *Howl's Moving Castle* (Greenwillow Books, 1986)
　日本語訳　ダイアナ・ウィン・ジョーンズ『魔法使いハウルと火の悪魔』西村醇子訳（徳間書店、一九九七年）

（16） Diana Wynne Jones, *Charmed Life* (Macmillan, 1977)
日本語訳　ダイアナ・ウィン・ジョーンズ『魔女と暮らせば』田中薫子訳（徳間書店、二〇〇一年）

（17） Piers Anthony, *A Spell for Chameleon* (Ballantine Books / Del Rey, 1977)
日本語訳　ピアズ・アンソニイ〈魔法の国ザンス1〉『カメレオンの呪文』山田順子訳、ハヤカワ文庫（早川書房、一九八一年）

（18）『カメレオンの呪文』、一二二頁。

（19） Frances Hodgson Burnett, *A little Princess* (Charles Scribner's Sons, 1905)
日本語訳　フランシス・E・H・バーネット『小公女』吉田比砂子訳（集英社、一九九四年）

（20）『小公女』、九六頁。

（21）『小公女』、一一四―一一五頁。

【魔法にかけられた子どもたち】

（1） William Shakespeare, *A Midsummer Night's Dream*
日本語訳　ウィリアム・シェイクスピア『夏の夜の夢』小田島雄志訳、白水Uブックス（白水社、一九八三年）

（2） Maurice Sendak, *Outside Over There* (The Bodley Head, 1981)
日本語訳　モーリス・センダック『まどのそとのそのまたむこう』脇明子訳（福音館書店、一九八三年）

（3） 映画『ラビリンス　魔王の迷宮（*Labyrinth*）』（ジム・ヘンソン監督、一九八六年）

（4） Lewis Carroll, *Through the Looking-Glass, and What Alice Found There* (Macmillan, 1871)
日本語訳　ルイス・キャロル『鏡の国のアリス』矢川澄子訳、新潮文庫（新潮社、一九九四年）

（5） Lyman Frank Baum, *The Wizard of Oz* (George M. Hill Company, 1900)
日本語訳　ライマン・フランク・ボーム『オズの魔法使い』佐藤高子訳、ハヤカワ文庫（早川書房、一九七四年）

（6） Maurice Sendak, *Where the Wild Things Are* (Harper & Row, 1963)
日本語訳　モーリス・センダック『かいじゅうたちのいるところ』神宮輝夫訳（冨山房、一九七五年）

（7） Pamela L. Travers, *Mary Poppins* (HarperCollins, 1934)

日本語訳　P・L・トラヴァース『風にのってきたメアリー・ポピンズ』新版、林容吉訳、岩波少年文庫（岩波書店、二〇〇〇年）

（8） エヴリデイ・マジックに関する記述は、ミネルヴァ書房刊『英語圏諸国の児童文学Ⅰ［改訂版］』において、筆者自身が担当した「エヴリデイ・マジック」の項目に加筆修正したものである。日本イギリス児童文学会編『英語圏諸国の児童文学Ⅰ［改訂版］』（ミネルヴァ書房、二〇一三年）、一一五—一二〇頁参照。

（9） Edith Nesbit, *Five Children and It* (T. Fisher Unwin, 1902)

日本語訳　E・ネズビット『砂の妖精』石井桃子訳、角川文庫（角川書店、一九六三年）

（10） Mary Norton, *The Magic Bed-Knob* (J.M. Dent, 1943)

日本語訳　メアリー・ノートン『空とぶベッド南の島へ』猪熊葉子訳、少年少女学研文庫（学習研究社、一九六八年）

（11） Mary Norton, *Bonfires and Broomsticks* (J.M. Dent & Sons, 1947)

日本語訳　メアリー・ノートン『空とぶベッドと魔法のほうき』猪熊葉子訳、岩波少年文庫（岩波書店、二〇〇〇年）

（12） アニメーション映画『となりのトトロ』（スタジオジブリ制作、一九八八年）

（13） Mary Norton, *The Borrowers* (J.M Dent & Sons, 1952)

日本語訳　メアリー・ノートン『床下の小人たち』新版、林容吉訳、岩波少年文庫（岩波書店、二〇〇〇年）

（14） Penelope Lively, *The Ghost of Thomas Kempe*, (Heinemann, 1973)

日本語訳　ペネロピ・ライヴリィ『トーマス・ケンプの幽霊』田中明子訳（評論社、一九七六年）

（15） Lucy M. Boston, *The Children of Green Knowe* (Faber, 1954)

日本語訳　ルーシー・ボストン『グリーン・ノウの子どもたち』亀井俊介訳（評論社、一九七二年）

（16） Philippa Pearce, *Tom's Midnight Garden* (Oxford

University Press, 1958)
日本語訳　フィリパ・ピアス『トムは真夜中の庭で』新版、高杉一郎訳、岩波少年文庫（岩波書店、二〇〇〇年）

（17）Raymond Briggs, *The Snowman* (Hamish Hamilton, 1978)
日本語訳　レイモンド・ブリッグズ『スノーマン』樹山かすみ訳（竹書房、一九九四年）

（18）Raymond Briggs, *The Man* (Julia MacRae Books, 1992)
日本語訳　レイモンド・ブリッグズ『おぢさん』林望訳（小学館、二〇〇四年）

（19）Astrid Lindgren, *Pippi Långstrump* (Rabén & Sjögren, 1945)
日本語訳　アストリッド・リンドグレーン『長くつ下のピッピ』新版、大塚勇三訳、岩波少年文庫（岩波書店、二〇〇〇年）

（20）Ruth S. Gannett, *My Father's Dragon* (Random House, 1948)
日本語訳　ルース・スタイルス・ガネット『エルマーのぼうけん』渡辺茂男訳（福音館書店、一九六三年）

（21）Philip Pullman, *His Dark Materials: Northern Lights* (Scholastic, 1995), *The Subtle Knife* (Scholastic, 1997), *The Amber Spyglass* (Scholastic, 2000)
日本語訳　フィリップ・プルマン「ライラの冒険シリーズ」三部作、大久保寛訳（新潮社）：『黄金の羅針盤』（一九九九年）、『神秘の短剣』（二〇〇〇年）、『琥珀の望遠鏡』（二〇〇二年）

（22）『黄金の羅針盤』、四五八頁。

（23）Michael Ende, *Die unendliche Geschichte* (Thienemann Verlag, 1979)
日本語訳　ミヒャエル・エンデ『はてしない物語』上田真而子・佐藤真理子訳（岩波書店、一九八二年）

（24）J.R.R. Tolkien, *The Hobbit: or There and Back Again* (George Allen & Unwin, 1937)
日本語訳　トールキン『ホビットの冒険——行きて帰りし物語』瀬田貞二訳（一九六五年、岩波書店）

（25）映画『ネバーエンディング・ストーリー（*The Neverending Story*）』（ウォルフガング・ペーターゼン監督、一九八四年）

（26）C.S. Lewis, *The Last Battle* (Bodley Head, 1956)

日本語訳　C・S・ルイス『さいごの戦い』瀬田貞二訳、岩波少年文庫（岩波書店、一九八六年）

（27）小野不由美「十二国記」第一巻『月の影　影の海』上下巻、講談社X文庫ホワイトハート（講談社、一九九二年）

（28）A.A. Milne, *Winnie-the-Pooh* (Methuen & Co. Ltd., 1926)

日本語訳　A・A・ミルン『くまのプーさん』新版、石井桃子訳、岩波少年文庫（岩波書店、二〇〇〇年）

（29）A.A. Milne, *The House at Pooh Corner* (Methuen & Co. Ltd., 1928)

日本語訳　A・A・ミルン『プー横丁にたった家』新版、石井桃子訳、岩波少年文庫（岩波書店、二〇〇〇年）、二六五―二六七頁。

あとがき

　今や日本でも風物詩の一つに数えられるまでに定着したハロウィーンだが、私が子どもの頃はまだ、この異国のお祭りのことを知っている人は少数派に過ぎなかった。レイ・ブラッドベリの『何かが道をやってくる』（一九六二年）を読んだのは、高校生の頃だったろうか。ハロウィーン生まれの少年たちが不思議な出来事を体験する物語だが、これによって私は十月三十一日に特別な意味があることを知り、その夜になれば、あやしい魔物が跋扈《ばっこ》する世界の扉が開かれる――そんな恐ろしくも魅惑的な幻想に大いに惹《ひ》きつけられた。同じ十月三十一日生まれの私にも、何か特別の運命が待ち受けているのではないかという密かな期待と錯覚に胸を躍らせたものだ。

　憧れの対象はいつも、プリンセスより魔女だった。己の欲望のままに、闇の中で無秩序に蠢《うごめ》くような胡散《うさん》くささにも惹かれるものはあるが、あやしげな負のイメージをまとった魔女は、見方を変えれば、他者に頼らず、孤高を愛し、揺るぎない信念を持って、常識の枠外で生きることを恐れない覚悟と潔さを備えた、力強くスタイリッシュな存在にも思われる。

　そういう魔女の魅力的な側面を、言葉を駆使して世界を創り出す物語作家の魔法的行為と重ね合わせて、本書のタイトルを「魔女は真昼に夢を織る」とした。魔女の器用な指が幾千幾億の言葉のかけらを縒《よ》り合わせ、色とりどりの糸を紡ぎ、それらの糸で物語を綴《つづ》るように、白昼の夢に見た光景を巧みにタペストリーに織りこんでいく…。Wを三つ揃《そろ》えた英語タイトルWitches Weave the Worldには、魔女が世界そのものを織り上げるイメージを込めてみた。

今回、魔女めいたヒロインたちの物語と魔女や魔法にまつわる論考を一冊の著作にまとめ、聖学院大学出版会から上梓する運びとなり、まず、この企画の発案者である出版部長の木下元さんに感謝申し上げたい。同じキャンパス内にあった女子聖学院短期大学の専任教員に就任した一九九三年から数えれば、四半世紀近く勤務している職場から本を出すということは、私にとっては感慨深いことである。（聖学院大学の創立記念日も十月三十一日であるが、もちろんハロウィーンとは関係ない。プロテスタント・キリスト教の精神に基づく大学なので、ルターの宗教改革記念日にちなんでいる）大学出版会から出す書籍としては異色と言える本書の制作は、ある種の冒険とも思えるが、この企画を出版会議に通すことに始まり、木下さんにはさまざまな角度から多大なご尽力をいただいた。また、編集業務をきめこまやかに担当してくださった花岡和加子さんとは、通勤時に同じ学バスに乗り合わせるたびに、あれこれ打ち合わせを重ね、いろいろなアイディアを思いつくことになった。これまで、原稿執筆は孤独な作業という印象が強かったが、出版部のスタッフが同じ職場にいて、繰り返し顔を合わせてのやりとりが可能という環境は新鮮で、一冊の本が共同作業によって出来上がっていくものなのだとつくづく実感することになった。

そして何より、本書の表紙イラストを快く引き受けてくださった佐竹美保さんに心からの感謝を捧《ささ》げたい。これまで、小峰書店から出版された拙著の表紙・挿絵をすべて佐竹さんにご担当いただいている縁で、今回もぜひ佐竹さんにお願いできればとラブコールを送ったのだが、毎度のことながら、この上なく美しく魅力的なイラストに仕上げてくださって、まさに夢のようである。

第Ⅰ部の創作三編のうち、「ガラスの靴」は早川書房刊の『小説ハヤカワ・ハイ！』第八号（一九九〇年一月）、「魔女の森」は同誌・第十二号（一九九一年一月）に掲載されたものに加筆修正している。「氷姫」は一九九六年、女子聖学院短期大学の文芸部〈宴遊会〉の部員たちが大学祭のために作成した部誌に寄稿した作品である。本誌から独立した別冊の形であったが、ちなみに本誌には、当時、同僚だった菅聡子さんによる「松本祐子論——そして少女は語り始める——」という評論が掲載されている。その後、間もなく、菅さんはお茶の水女子大学に移籍したが、いつか公の場で本物の作品論を書いてもらえたらと夢見ていた。夢はかなわぬまま、二〇一一年、菅さんはあまりにも突然にこの世を去ってしまった。

創作三編の原型はいずれも前世紀に書いたものということになるが、長編小説『虹色のリデル』（ハヤカワ文庫、早川書房刊、一九九二年）で作家デビューするきっかけとなった「ガラスの靴」や「魔女の森」をいつか単行本に収めたいとずっと願ってきたので、それが実現したことは至上の喜びである。かなう夢もあれば、かなわぬ夢もあるということだ。

第Ⅱ部「語りの魔法に魅せられて」に収めた論考については、私が担当する「ファンタジー論」「英米児童文学」「児童文学」などの講義やゼミで講じていることをまとめたものである。学生たちとの読書会やディスカッションを通して得た発想もあり、若い世代の感性に常に触れていられるのは、大学教員ならではの役得と言えるだろう。

私自身は、子どもの頃よりむしろ大人になってから、魔法というものの存在を身近に感じるようになった。大人は魔法を疑い、魔法からも拒まれるものだというみずからの主張と逆行することになってしまうが、物語を書くという行為に携わっていれば、言葉に秘められた魔法の力に意識的にならずにはいられない。現実において、まことしやかな嘘《うそ》に惑わされ、気づかぬうちに他者の私利私欲の犠牲にされるのは御免だし、また自分でも言葉の力を悪用しないだけの自戒が必要なのは当然だが、虚構であるという共通認識のもとに、見事に構築されたいつわりの世界で、事実ではないとしても、そこに何らかの〈真実〉が語られているとすれば、その嘘は美しく、価値あるものとなる。だからこそ、言葉を操って虚構を作り出す者には大きな責任があると言える。そのことを肝に銘じつつ、これからも読み手として書き手として、大いなる言葉の海を泳いでいく。

二〇一六年十月三十一日　ハロウィーンの夜に

松本祐子

著者紹介

松本 祐子（まつもと・ゆうこ）

早稲田大学第一文学部英文科卒業、日本女子大学大学院文学研究科英文学専攻博士課程満期退学。聖学院大学・児童学科教授。児童文学作家。1992年、ティーンズ向けの小説『虹色のリデル』（早川書房）を上梓。以後、ティーンズ向けのレーベルで作品を発表するが、児童文学に路線変更し、2002年刊『リューンノールの庭』（小峰書店）で、第１回日本児童文学者協会・長編児童文学新人賞、第19回うつのみやこども賞を受賞。

【著書】『ブルーローズの謎』、『フェアリースノーの夢』、『８分音符のプレリュード』、『カメレオンを飼いたい！』、『ツン子ちゃん、おとぎの国へ行く』、『読書する女性たち——イギリス文学・文化論集』（共著）、『世界少年少女文学・ファンタジー編』（共著）、『英語圏諸国の児童文学』（共著）、『英米児童文化55のキーワード』（共著）、ほか。

魔女《まじょ》は真昼《まひる》に夢《ゆめ》を織《お》る

2016年12月10日　初版第１刷発行

著　者　松　本　祐　子
発行者　阿久戸　光　晴
発行所　聖学院大学出版会
〒362-8585　埼玉県上尾市戸崎１番１号
TEL. 048-725-9801　FAX. 048-725-0324
E-mail : press@seigakuin-univ.ac.jp

印刷所　株式会社堀内印刷所
組版･装丁　岸　和泉

ISBN978-4-907113-20-9　C0093